F.U. Ricardo

Zu späte Ehre

F. U. Ricardo

Zu späte Ehre

Ricardo, F.U.
Zu späte Ehre
– 1. Aufl. – 2011
Herstellung und Verlag:
Books on Demand GmbH, Norderstedt (www.bod.de)
ISBN: 978-3-8423-6031-0

Vorwort

Man erinnerte sich wieder einmal etwas missmutig an den früheren Chef und damaligen Hauptaktionär der Firma. „Ach ja, der lebt ja immer noch. Dabei hat man doch wirklich anderes zu tun, als die Vergangenheit wieder aus dem Hut zu zaubern. Aber was soll man tun? Der Mann wird achtzig, und man muss etwas unternehmen. Also Leute, lasst euch etwas einfallen!"

Frustriert machten sich einige Mitarbeiter an die Arbeit, insgeheim hoffend, dass mit dem Alten bis zum geraden Geburtstag noch irgendetwas geschehen werde. Man hatte ja noch ein gutes Vierteljahr Zeit. Und in diesem Alter, wer weiss. Überhaupt: Man kannte ihn ja kaum mehr, und in alten Unterlagen aus dem Archiv zu stöbern, das ist zum Gähnen.

Und ob etwa passierte bei Markus Streller, dem Ehemaligen, wie sagt man heute? Natürlich, dem CEO! Englisch ist allemal besser! Als er die ehrenvolle Einladung zum Achtzigsten erhielt und dabei zufälligerweise erst fünfundsiebzig wurde, platzte bei ihm nicht nur der Kragen, sondern jegliches Sicherheitsventil. Nun, in gut drei Monaten konnte man noch vieles planen und vorbereiten.

1

Man schrieb schliesslich den 12. Dezember. Draussen war es etwas gefroren und kalt. Und drinnen in den Hallen der Firma? Aufgesetzte Freundlichkeit! Aber auch in den Herzen kühl, nein, sogar sehr kalt. Auch bei Markus Streller, denn er fühlte in seinem Innern statt des Herzens nur noch einen Eisklotz.

„Euch zeig ich's heute", dachte dieser am einigermassen festlich geschmückten Tisch im Konferenzzimmer des Bürohauses. „Späte Ehre, ihr Ganoven! Zu spät! Ihr werdet dafür einen Vorgeschmack der Hölle erleben, zu der ich euch alle wünsche!"

Die Würdigung der Arbeit des Generaldirektors Streller, der während nahezu zwanzig Jahren die Geschicke der stets florierenden und wachsenden Firma an der Spitze leitete, wurde emotionslos und trocken vorgetragen. Man wusste nicht mal mehr die Höhepunkte seiner Tätigkeit. Sekt gab es, keinen Champagner. „Und was für ein billiges Gesöff!", dachte der ‚Geehrte' bitter.

Zu einem Mittagessen reichten wohl die Zeit und die Lust nicht. Es gab im Anschluss an die spärliche und eigentlich inhaltslose Würdigung ein paar ziemlich trockene Häppchen und einen billigen Weisswein sowie ein joviales, aber vermutlich falsches Schulterklopfen.

Die Streller AG, heute natürlich unter einem anderen Namen, hatte sich sehr gewandelt. Und der „alte Herr" war in die Änderungen und Neuerungen nicht mehr mit einbezogen worden. Frustriert hatte er auch seinen Aktienanteil verkauft, und zwar, wie er meinte, sogar mit Verlust. Sein Frust, nein, sogar sein Hass, wurden immer grösser. Er glaubte gar, sein Lebenswerk würde eines Tages vor die Hunde gehen. Verbittert wurde er für alle unausstehlich, ein Sonderling, und auch sehr einsam.

„Ich muss mein gewiss verrücktes Vorhaben hier und jetzt durchführen", dachte der innerlich zutiefst verletzte Streller. „Diese Ignoranten, dieses Lumpenpack hat es nicht anders verdient. Aber wann ist der richtige Augenblick für einen mörderischen und tödlichen Schlag, wie ihn das sonst doch beschauliche und friedliche Zürich wohl selten erlebt? Jetzt oder nie!"

Zitternd vor Hass und Erregung zog Streller plötzlich seine SIG-Pistole, die er als Offizier der Armee nach seiner Dienstpflicht zu Hause aufbewahrte, und ballerte wie ein Verrückter mit dem ganzen Magazin drauflos. Entsetzen packte die versammelte Führungsriege und die Abteilungsleiter, Geschrei und Gestöhn sowie Fluchen und Röcheln erfüllte den Raum. Blut spritzte überall auf, während Verwundete sich am Boden wälzten und in diesem Inferno nicht genau zu sehen war, wer tödlich getroffen und wer schwer verletzt war. Die meisten suchten einfach aus einem Impuls des Selbsterhaltungstriebs Deckung hinter umgeworfenen Stühlen und Tischen oder hechteten zum Ausgang des Konferenzraumes.

Im allgemeinen Chaos gelang es auch Markus Streller, dem Wahnsinnsschützen, sich blitzschnell davon zu machen.

Er sah vor sich immer noch die schreckverzerrten Gesichter, blankes Entsetzen, sterbende Augen. Genugtuung über seine Rache stellte sich aber eigenartigerweise nicht ein. Im Gegenteil: Eine Leere breitete sich in ihm aus, wie er sie in seinem Leben noch nie so empfunden hatte.

Er hastete zum Ausgang des Gebäudes und hörte nicht auf das Rufen, nein, das Schreien der Mitarbeiterin am Empfang, die schon zu seiner aktiven Zeit dort tätig gewesen war.

Im heillosen und fürchterlichen Durcheinander wurden Polizei, Notarzt und Krankenwagen viel zu spät angefordert.

Die traurige erste Untersuchung ergab, dass zwei Tote zu beklagen waren und drei Schwerverletzte in ein Spital eingeliefert werden mussten. Erste Hilfe bei den Verwundeten sowie vorläufig kurze Ermittlungen konnten erst aufgenommen werden, während der verrückte Amokschütze längst in den Strassenschluchten von Zürich untergetaucht und spurlos verschwunden war.

2

Markus Streller war wirklich physisch und psychisch alt geworden, gab dies aber niemals sich selbst und schon gar nicht gegenüber anderen zu. „Vielleicht bin ich schon ein wenig verkalkt, aber mitnichten ein Dummkopf."

Er hatte die Wahnsinnstat minutiös vorbereitet, zuvor seine Bankkonten geleert und ins Ausland überwiesen, und seine Wohnung verkauft. Der allein lebende Alte hatte keine Familie mehr. Seine Frau starb vor einigen Jahren an einer schweren und unheilbaren Krankheit, und mit seinem einzigen Sohn lebte er im Streit und seit langem ohne Kontakt. Vielleicht war dies alles auch ein Nährboden für seinen Amoklauf.

„Die Psychologen und Psychiater werden ihre Ergüsse dazu liefern und damit gutes Geld verdienen", lächelte vor der Tat der alte Mann. Jetzt aber lächelte Streller nicht mehr.

Flughafen und Bahnhöfe waren zu gefährlich für eine Flucht. Seinen Wagen hatte Markus Streller auch verkauft. Was blieb also? Natürlich! Das in der Schweiz berühmte gelbe Postauto. Wer sucht ihn denn dort, vor allem unter dem Namen Marco Strella?

Italien, das schon Goethe besungen hatte, als „Kennst du das Land, wo die Zitronen blüh'n", war immer sein Traum. „Mit dem Postauto von Zürich nach Lugano und von dort sogar nach Varese in die Lombardei. Wer sucht denn nach einem Italiener mit einem Pass auf den Namen Marco Strella, der übrigens ganz gut Italienisch spricht? Gewiss nicht die Zürcher Polizei!"

Seine heimliche Sehnsucht war sowieso immer das Ligurische Meer gewesen, so um die Gegend von Carrara. Also war das nächste Ziel Genua. Von dort konnte der Rächer von Zürich, wie er sich blödsinnigerweise heimlich nannte, dann gemütlich seine Bleibe bei der Marmorbrüche von Carrara, nah am Meer, beziehen.

Nur dass die italienischen Finanzbehörden vor allem seit der grossen Finanzkrise minutiös alle eingehenden namhaften Beträge – auch aus Svizzera – bei den Banken überwachten und genau zurückverfolgten, war Markus Streller nicht klar. Auch nicht, dass bei den umfangreichen Ermittlungen der Zürcher

Polizei diese auch auf seinen Sohn, der seit längerer Zeit in Stuttgart lebte, stiessen und der durchblicken liess, dass sein älterer Herr schon früher immer von Ligurien und der Toskana schwärmte, daran dachte er nicht.

3

Carrara, für italienische Begriffe ein kleines und beschauliches Städtchen mit gut 60'000 Einwohnern, ist vor allem bekannt und berühmt wegen seiner Marmorbrüche. Carrara-Marmor ist einer der bekanntesten weltweit.

Erst Michelangelo, einer der grössten Künstler aller Zeiten, verschaffte aber diesem Marmor Berühmtheit. Mit seinen grossartigen Skulpturen wie dem „David", der „Pietà", dem Moses und anderen mehr verhalf er diesem Stein zur Weltberühmtheit. Carrara muss sich heute aber nicht nur als Steinzentrum Europas behaupten, sondern auch gegenüber Stein verarbeitende Zentren in China, Indien und Brasilien durchsetzen. Auch hier treibt die Globalisierung manchmal eigenartige Blüten, und der Preiskampf ist unerbittlich.

Markus Strellers Stolz war, seine auf edlem Stein aufgebaute Fabrik und Firma aus den vielfältigen Gesteinssorten der Schweizer Alpen Jahr für Jahr wachsen zu sehen. Granit, Schiefer, Gneis und gegen dreissig weitere Arten zu behandeln und zu verkaufen, war sein Lebenswerk. Der lang anhaltende Bauboom war ihm und seiner Firma von grossem Nutzen. Nach seinem Ausscheiden musste er aber mit ansehen, wie gewisse Zweige ausgelagert wurden, alte Märkte, mit denen er gross geworden war, verkauft und neue ihm völlig unbekannte Optionen geschaffen wurden.

Dies schmerzte ungemein, zumal er nie um seine Meinung gefragt wurde. Zudem träumte er schon früher Jahr um Jahr vom Carrara-Marmor. Aber wo in der Schweiz waren die Paläste der Adeligen, die grossen Denkmäler einer ruhmreichen Vergangenheit, die Kathedralen zu Ehren Gottes oder doch auch eher noch zu Ehren der Könige, der Kardinäle, der Erzbischöfe? Dies alles war hierzulande dünn angesiedelt.

Auch sein Sohn zeigte wenig oder gar keinen Sinn für die Steinverarbeitung. „Was soll ich mich herumschlagen mit totem Material?", meinte er eines Tages überdrüssig nach einem längeren Vortrag seines Vaters über dessen Spezialgebiet. „Ich will leben und mich an lebenden Dingen erfreuen!"

„Aber der Stein lebt doch! Ein Wunder der Natur!", schrie ihn der Vater an.

„Man sieht es ja bei dir, wie du lebst! Dein Hirn und dein Herz sind zu Stein geworden", brüllte der Junge zurück und traf damit seinen Vater vermutlich auf das Allerschlimmste. Die beiden sahen sich darauf jedenfalls nicht wieder.

Aber das magische Weiss und die anderen Farbnuancen des Carrara-Marmors verzauberten Streller vor Jahren schon im Petersdom in Rom bei Michelangelos Pietà oder bei der Davidstatue in Florenz, die als bekannteste Skulptur der Kunstgeschichte gilt.

„Nun bin ich also endlich hier in meinem Traumland, ja sogar in der Toskana. Wie lange habe ich noch zu leben mit Fünfundsiebzig? Ein Jahr oder fünf? Vielleicht sogar zehn! Die Idioten in meiner Firma meinten doch tatsächlich, ich sei schon achtzig! Mein Geld, über zwei Millionen Euro, ist auf der Banca d'Italia hier gut angelegt. In meiner Wohnung, die ich schon früher gekauft habe, mit Blick auf das Meer, fühle ich mich zu Hause.

Wer weiss, vielleicht wartet irgendwo auch noch eine rassige Fünfzig- oder auch Sechzigjährige auf einen Mann wie mich! Spät, aber nicht zu spät will ich das Leben noch geniessen. Addio Zurigo, addio Svizzera!"

Im momentan verregneten Zürich liefen nach der Beerdigung der zwei Toten und der intensiven Behandlung der vier zum Teil Schwerverletzten, darunter der CEO, Doktor Martin Metzler, die Ermittlungen über den Amoklauf auf Hochtouren, nicht zuletzt auch angeheizt durch die Medien. Solche Spinner gibt es also nicht nur in Amerika, in Deutschland und weiss wo. Nein, jetzt hatte auch Zürich seine Sensation. Und TV und Printmedien wollten sich mit Hintergrundwissen und entsprechenden Headlines profilieren.

Die Trauerfeier in der wohl ältesten Kirche Zürichs, St. Peter, war auch weniger trostvoll, als viel mehr ein Medienereignis, mit einem grossen Aufgebot Neugieriger sowie von Ermittlern in Zivil. Nun ja, die altehrwürdige Kirche war wenigstens wieder einmal proppenvoll und ihr Bild mit dem markanten Turm und dem grössten Uhrzifferblatt Europas erstrahlte in vielen TV-Kanälen.

Der Sohn des verrückten Alten, aus Stuttgart angereist, erzählte beiläufig von den Träumen seines Erzeugers vom Süden und vom Marmor. Da schrillten bei einem helleren Kopf der Polizei die Alarmglocken.

„Marmor! Das heisst doch im Klartext Carrara! Man muss bei der Stadtverwaltung mal anfragen, ob dort kürzlich ein Signore Markus Streller zugezogen ist.

Nur, wie ist dieser Mistkerl nach der Wahnsinnstat eventuell da runter gekommen? Man muss mal alle seine finanziellen Transaktionen überprüfen lassen, die in den letzten Monaten getätigt wurden. Wer weiss, da eröffnet sich uns sogar eine kleine oder grössere Wundertüte, vielleicht sogar noch mit weiteren Namen."

Nach längerer Zeit und dreimaliger Nachfrage, sogar in Italienisch, erhielten die entsprechenden Stellen in Zürich die knappe Antwort, dass kein Markus Streller zugezogen sei. Dass ein Signore Marco Strella seine traumhafte Wohnung kürzlich nun endgültig bezogen hatte, teilte das zuständige Amt nicht mit. Nach ihm wurde ja nicht gefragt. Zudem war er italienischer Bürger und lud die ganze Abteilung der Stadtverwaltung hin und wieder zu einem festlichen Essen ein, nachdem es für gewisse Würdenträger auch noch ein Couvert mit besonderem Inhalt gab. Dies alles ging die neugierigen Leute im fernen Zurigo nichts an.

Bei den Banken gab es da schon eher einen Mitarbeiter, der mal in die Computerdateien blickte. Es können dort ja kaum alle geschmiert werden. Eines Tages erhielt ein Herr Arturo Conelli von der Banca d'Italia in Carrara ganz überraschend eine Einladung nach Zürich. Reise und eine luxuriöse Unterkunft wurden selbstverständlich bezahlt. Und im Moment

herrschte sogar in Zürich sehr schönes vorfrühlings-
haftes Wetter.

4

Signore Conelli gefiel es gut, sehr gut in Zürich. „Ja, die Leute arbeiteten hier wie die Verrückten. Sie leben förmlich, um zu arbeiten. Hingegen arbeitet man doch bei uns, um zu leben!" Dass seine schöne Schweizerin, die man ihm als Hostess zuteilte, einen ungarischen Pass besass, merkte er gar nicht. Hingegen merkte er bald, dass sie über einen gewissen Markus Streller, der vermutlich in Carrara oder Umgebung lebte, alle finanziellen Angaben wissen wollte.

Hielt er zurück mit Angaben, hielt sich die verführerische Blondine aber anderweitig zurück. „Also häppchenweise gewisse Informationen. Vielleicht werde ich nochmals nach Zürich eingeladen. Bei meiner Bank gebe ich dann einfach meine Leidenschaft für Zürich bekannt, eine Stadt, in die man sich verlieben könnte."

Diese Häppchen reichten den Untersuchungsbehörden aber nicht. Sie schoben Conelli nach drei Tagen mit frostiger Freundlichkeit ab. Immerhin wusste man, dass ein Signore Strella, allerdings italienischer Staatsbürger, ab und zu ein paar tausend oder mehr Euro auf die Banca d'Italia überwiesen hatte. Aber woher diese Überweisungen kamen, dafür hätte er, Conelli, natürlich keine Einsicht.

„Wollte dieser Strella in seiner Heimat Chianti einkaufen?", wetterten die Beamten. „Einige tausend Euro, meine Güte, das ist doch ein Klacks. Aber der Name Strella lässt aufhorchen. Wir steigen mal ganz oben ein bei dieser Bankfiliale."

Conellis grösste und schmerzlichste Überraschung war, dass die raffinierte Blonde plötzlich verschwunden war. Porca miseria, waren diese Svizzeri doch kleinkarierte Typen. Offenbar war ihnen sein Bericht doch zu mager gewesen. Nur, viel mehr wusste er auch nicht.

So sassen Mario Keller, Chef der Kriminalpolizei, und Edwin Rüfenacht, Abteilung Steuerflüchtlinge, bei einem kühlen Weisswein im Hotel Alexander am Zürichsee zwei Tage später zusammen. „Einfach immer wieder prächtig hier, nicht? Sogar Palmen lassen uns südliches Ambiente empfinden!", meinte fast schwärmerisch Herr Rüfenacht. „Palmen können Sie bald bis zum Geht-nicht-Mehr bewundern! Haben Sie die Unterlagen über den Fall Streller und alle Reisevorbereitungen zusammen?"

„Ja! Ich poliere gerade meine Italienisch-Kenntnisse auf und vertiefe mich in die ganze Tragik des Amoklaufes."

„Tragik? Es ist die verrückte Tat eines Verrückten, der nicht abtreten konnte und immer noch heimlicher Chef sein wollte!"

„Von diesen Träumern gibt es viele. Man sollte auch nicht zu nobel sein, solche ab und zu etwas zu streicheln."

„Ich persönlich streichle lieber meine Katze!"

„Welche? Die Vierbeinige zu Hause oder die Zweibeinige auswärts?"

„Ist Ihnen der Weisse schon in den Kopf gestiegen?"

„Dazu müssen Sie schon nochmals eine Flasche bestellen!"

„Warum nicht? Aber finden Sie etwas Gescheites heraus bei Ihrer Reise nach Bella Italia. Auch mein Spesenkonto ist nicht sehr grosszügig!"

5

Wenige Tage später ersuchte ein Signore Mario Keller um ein Gespräch mit dem Filialleiter der Bank in Carrara. Man liess den Svizzero zwar etwas warten, empfing ihn aber dann doch zu einem Kontakt mit dem Chef. „Man kann ja nie wissen! Vielleicht ist das ein guter potentieller Kunde, und den soll man nicht vergraulen!", dachte sich Signore Cavalli, der Filialleiter.

Dieser war aber bald masslos enttäuscht, als er merkte, dass dieser Keller lediglich Angaben über einen eventuellen Kunden der Bank wollte und ein hohes Tier bei der Polizei von Zurigo war. „Sie als Schweizer müssten doch den Begriff Bankgeheimnis kennen", lächelte Cavalli Keller etwas säuerlich an.

„Kenne ich!", erwiderte dieser. „Aber wie Sie wissen, hat dieses Bankgeheimnis gehörige Löcher bekommen. Und bei Mord sollte selbst das Bankgeheimnis aufhören!"

„Mord?", dehnte Cavalli.

„Ja, wir suchen einen zweifachen Mörder, der dazu noch vier weitere Mitarbeiter schwer verletzte und der eventuell nach Italien geflüchtet ist. Eine ziemlich sichere Spur führt nach Carrara. Darum wären wir Ihnen sehr verbunden, gewisse Auskünfte über mögliche Transaktionen mit Ihrer Bank zu erhalten. Wir ziehen diesen Weg vor und möchten nicht über die Regierung in Rom vorstellig werden", erläuterte Signore Keller etwas drohend die Sachlage aus seiner Sicht.

„Ich kann mir gut vorstellen, dass Rom andere Prioritäten und Sorgen hat", konterte Cavalli geschickt. „Aber ich muss Sie enttäuschen, wir kennen keinen Kunden mit dem Namen Markus Streller. Vielleicht versuchen Sie es mit einer anderen Bank! Sogenannte Nummernkonti kennen wir in Italien nicht!" Spottete jetzt der Direttore sogar? Jedenfalls empfand dies Keller so.

Und Signore Cavalli dachte an das feine Essen zurück, zu dem er und andere vor Weihnachten von Signore Marco Strella eingeladen wurden. Er war sich ziemlich sicher, dass es sich bei ihm um den Gesuchten handeln könnte. Ein feiner Akzent war bei ihm nicht zu überhören, wenn sie ungezwungen über alles Mögliche plauderten. Sein Vermögen bei der Bank belief sich zwar nur auf etwa zwei Millionen Euro. Aber die Traumwohnung hatte es auch in sich, und gute Freunde stösst man nicht vor den Kopf, geschweige ins Gefängnis.

Etwas aber bedrückte ihn. Seine Frau Patricia machte doch dem alten Gockel vor Weihnachten während des ganzen Essens schöne Augen und liess doch tatsächlich manchmal ihre üppigen Brüste wippen. Sollte er sie zum Teufel schicken oder zu Hause einsperren und überwachen lassen? Eigenartigerweise regte sich bei ihm nach ziemlich flauen Jahren der Ehe eine brennende Eifersucht.

„Was kann ich sonst noch für Sie tun?", fragte nun Cavalli sein Gegenüber ziemlich gereizt.

„Nun, mir das beste Ristaurante von Carrara empfehlen. Ich lade Sie und Ihre Frau Gemahlin gerne zu einem schönen Abendessen ein", lockte Keller, obschon er sich sorgte, sein Spesenkonto zu überziehen. Aber irgendwie hatte er das Gefühl, hier doch an einer Quelle zu sitzen, die mehr sprudeln könnte.

„Sehr liebenswürdig, Signore. Darf ich Sie anrufen? Ich muss zuerst abklären, ob meine Frau nicht andere Termine abgemacht hat", meinte Cavalli unverbindlich und auch etwas unangenehm berührt.

„Aber gewiss! Ich wohne im Hotel Marina und erwarte gerne Ihren Anruf."

6

Signore Cavalli führte noch einige Telefongesprä-
che, bis er missmutig seine Frau anrief und ihr
knapp mitteilte, dass sie heute Abend um 21 Uhr
bereit sein solle, um mit einem langweiligen Svizzero und ihm zum Essen auszugehen. „Ich reserviere
einen Tisch im chinesischen Restaurant Ming
Court."

„Muss das sein", stöhnte Patricia ins Handy. „Einen
Abend, in dem Fall, mit zwei Langweilern in einem
ebenso langweiligen Lokal mit einer langweiligen
Speisekarte und Küche?"

Ja, es muss sein", schnippte Cavalli kurz und bissig
ins Telefon. „Du brauchst aber den Schweizer nicht
unbedingt zu bezirzen. Er ist glücklich verheiratet!"

„Einfach grossartig, deine neu entdeckte Eifersucht.
Endlich zeigst du dich mal nicht langweilig, wenigstens hier!"

Ziemlich aufgetakelt erschien Patricia am Abend beim Chinesen. Offenbar wollte sie auf den Comandante der Polizia di Zurigo doch einen gewissen Eindruck machen. Keller überbot sich auch mit Nettigkeiten und Liebenswürdigkeiten, sehr zum Ärger von Cavalli. Dieser hatte der Einladung nur Folge geleistet, weil ihm von oben geboten wurde, den Schweizer noch etwas mehr auszuhorchen.

Man konnte ja nie wissen, ob die ganze Sache ein Schachzug des Finanzplatzes Schweiz war und eine Gegenreaktion auf die ziemlich dreisten Aktionen der italienischen Behörden bei Tessiner Banken. Ein ehemaliger Banker in Lugano meinte ja darauf: „Wenn ich mein Insiderwissen bekannt geben würde, müsste die halbe Regierung in Rom zurücktreten!" Alles nur ein Bluff? Wohl kaum!

Das Essen beim Chinesen war Geschmacksache, mit den Stäbchen die teilweise undefinierbaren Speisen zum Mund jonglieren ebenfalls. Trotzdem war das Gespräch wenigstens einseitig ziemlich lebhaft, denn Keller fand die Signora Cavalli äusserst attraktiv, was diese sichtlich genoss.

Offenbar verfolgte dieser aber nur sein Phantom, den Amokschützen von Zürich und vermutete diesen wirklich in Carrara. „Könnte ja gut sein, dass dieser Marco Strella und der gesuchte Markus Streller ein und dieselbe Person ist. Dies wäre auch bestimmt aus alten Akten herauszufinden. Aber wir hängen doch hier bei uns keine schmutzige Wäsche auf", dachte Direktor Cavalli.

Seine Frau überlegte sich: „Was, wenn der Marco *dieses* Aas ist? Und der zählt schon gegen achtzig Lenze? Da ist dann allerdings von ihm auch nicht mehr viel zu erwarten. Undurchsichtig ist er und schweigsam über seine Vergangenheit auch. Dieser Keller scheint doch eher eine Abwechslung zu sein, und die Leute hier hätten dann auch weniger zu tratschen. In unserem Kaff reisst doch jeder das Maul auf aus lauter Neid."

Höchst unzufrieden schmiss Keller nach Mitternacht in seinem Albergo seine Kleidung auf einen Stuhl und hatte Hunger nach diesem für ihn blöden chinesischen Essen. Eine Karte flatterte dabei auf den Boden, und er staunte nicht schlecht, als er darauf las: Patricia Cavalli, nebst Anschrift und Handy-Nummer.

„Ich werde meinen Aufenthalt noch ein bis zwei Tage hier in Carrara verlängern. Offenbar macht ein Schweizer Polizia-Chef hier doch noch einen gewissen Eindruck. Diese Patricia ist ein heisses Vögelchen und ihr Mann vermutlich ein Trottel! Warum eigentlich nicht das Angenehme mit dem Nützlich verbinden? Wirklich, hier in Carrara herrscht schon der Frühling vor, auch in schon älteren Knochen!"

7

Am nächsten Nachmittag war das italienische Essen ganz einfach ein Gaumenfest. Der Brunello löste auch die Zungen. „Mein Mann musste heute nach Milano zu einer Konferenz", flötete Patricia zu ihrem ihrer Ansicht nach nächsten Opfer. „Wollen Sie mal sehen, wie und wo ich wohne?"

„Die italienische Wohnkultur hat es mir seit langem angetan", versuchte Keller charmant zu sein. Allerdings fehlten ihm in seinem Vokabular wichtigste Wörter. Nun, zu bezirzen brauchte er damit Patricia nicht, denn sie erklärte auf der Fahrt zur Wohnung schelmisch:

„Mario, du kannst mit mir auch Deutsch sprechen! Ich arbeitete früher in einem Hotel in Locarno, in dem hauptsächlich Deutsche abstiegen. Als Mitglied des Direktoriums musste ich dort diese Sprache lernen!"

Es blieb beim du an diesem Nachmittag. Weitere Annäherungen waren die logische Folge.

Nun, wie weit diese gingen, kann man sich wohl am besten vorstellen, wenn man bedenkt, dass Patricia ein sehr vernachlässigtes liebestolles Weib ist, das so richtig in Fahrt kam. Mario fühlte sich geschmeichelt, dass er in seinem Alter noch eine solche Ausstrahlung haben musste. Was beide niemals zugeben würden: Sie suchten selbstverständlich Sex, sie brauchten einen gewissen Hormonabbau. Aber Liebe? Bei weitem nicht!

„Mario?", flötete Patricia, etwas wohlig erschöpft und eine Zigarette rauchend, in den zerwühlten Bettlaken.

Und er blinzelte schon etwas erschreckt, ob sie denn noch nicht genug hätte und meinte provozieren gähnend: „Ja, Patricia?" Man ist ja auch nicht mehr vierzig oder fünfzig!

„Bist du mit mir nur ins Bett gestiegen, um aus mir etwas mehr Informationen über den Kerl, den ihr sucht, herauszukriegen als bei meinem Mann?"

„Wo denkst du hin? Du bist eine reizende und verführerische Frau, um die sich dein Mann beneiden kann und soll!"

„Er hat aber nur Karriere und Euro und Dollar im Kopf. Gut, Geld ist schön und wichtig. Aber eine Frau braucht auch noch Zärtlichkeit und Liebe! Ich reise übrigens jedes Jahr mal für ein paar Tage nach Locarno in mein früheres Hotel, gratis und franco. Sozusagen immer noch als Dankeschön für meine früheren guten Dienste. Kommst du mich dort mal besuchen, oder brauchst du zunächst eine gute Ausrede für deine Frau?"

„Ich bin geschieden und somit frei", erwiderte er. „Wann bist du denn dieses Jahr dort?" Das Dankeschön für frühere und vielleicht auch heutige gute Dienste konnte Mario sich gut vorstellen. Und bei solchen Gedanken suchte er schon jetzt eine Entschuldigung. Geschieden war er zwar, lebte aber schon einige Jahre mit einer Partnerin zusammen.

„Ende Mai oder Anfang Juni! Gib mir deine Anschrift, und ich werde dich frühzeitig benachrichtigen, mein Tigerchen!"

„Gut, aber lass uns jetzt doch noch einen guten Prosecco trinken! Liebe gibt Durst!"

„Und Heimweh?"

„Nein, bestimmt nicht. Aber mein Job ruft!"

„Und du armer Mann bist keinen Schritt weiter gekommen mit deinen Ermittlungen!" lächelte Patricia etwas verschlagen. „Hör mal, ich mische mich nicht ein in die Bankgeschäfte meines Mannes. Aber auf den Kopf gefallen bin ich auch nicht gerade. Du suchst also einen Mörder namens Markus Streller.

Vor einiger Zeit ist der ziemlich wohlhabende italienische Staatsbürger Marco Strella, ein Witwer, hier definitiv zugezogen. Schon etwa zwei Jahre zuvor kaufte dieser eine Traumwohnung mit grossartigem Ausblick auf das Meer. Dieser Strella hat aber einen etwas harten Akzent in seiner Aussprache. Du verstehst, was ich meine? Er ,singt' nicht, es tönt nicht melodisch, wenn er spricht. Es könnte also auch ein Ausländer sein. Es gibt doch in Italien hundert und mehr schönere Orte als Carrara. Und zudem schmeichelt er dem Bürgermeister und auch einigen Wenigen in der Bank mit feinen Essen und Herrenabenden.

Ich schätz diesen Strella auf gut siebzig Jahre. Klingelt es bei dir? Ich kann dich auf dem Rückweg zu deinem Hotel ja mal an jener Liegenschaft vorbeifahren, wenn du willst. Mein Herr Gemahl kommt nämlich noch heute Abend spät von Milano zurück, und du musst wohl oder übel deinen Durst anderweitig löschen. Aber ich hoffe, du hast dann Durst im Mai oder Juni nach Locarno zu kommen."

Mario musste sich alle Mühe geben, nicht laut herauszuschreien vor Freude und war in fast verdächtiger Rekordzeit hellwach und reisefertig. Sein Handy war schussbereit für gezielte Aufnahmen.

„Vielleicht bin ich ein dummes Weib, aber was soll's? Wir werden ja sehen, was die Zukunft bringt. Und etwas Aufregung in dieses stinklangweilige Leben hier zu bringen, tut gut", überlegte sich Patricia.

Mario hatte vermutlich Glück, denn er konnte etliche Fotos eines gepflegten älteren Mannes knipsen, die diesen auf der grosszügigen Terrasse der besagten feudalen Wohnung zeigten.
„Wer weiss, vielleicht sind diese Bilder Gold wert!", schmunzelte er leise vor sich hin.

8

Zwei Tage später brauste in Zürich Erwin Rüfenacht beim Betrachten von Mario Kellers Handy-Fotos auf und schrie förmlich: „Mensch, Keller, wissen Sie denn wirklich nicht, wer dies ist? Mich laust der Affe! Das ist unser Monster von Zürich, Markus Streller! Erkennen Sie denn diesen Saukerl nicht wieder auf Anhieb?"

„In unserem Fotoarchiv haben wir von ihm nur Aufnahmen älteren Datums", rechtfertigte sich Keller.

„Dann seid ihr aber wirklich nicht mehr up to date, mein guter Schnüffelhund: Jetzt aber ziehen wir los!"

„Wie denn? Wir beauftragen höflich die höchsten Polizeistellen in Rom mit der Festnahme und Verhaftung dieses Mannes, der offiziell italienischer Staatsbürger ist und verlangen die unmittelbare Auslieferung an die Schweiz, weil er hier als Doppelmörder gesucht wird? Die ärgern sich zunächst mal im schönen Süden, und dann lachen sie sich halb kaputt über uns!"

„Italien ist nicht Libyen, mein lieber Chef der Polizei! Und wir gehen auch nicht so dilettantisch vor wie damals einzelne Regierungsmitglieder unseres Landes. Lass uns zusammen einen einfachen, aber todsicheren Plan aushecken, wie man in einer Nacht-und-Nebel-Aktion einen alten Landsmann in die Heimat zurückholt. Eine oder zwei Betäubungsinjektionen und ein schneller Wagen genügen dazu sicher. Und aus irgendwelchen verborgenen patriotischen Gefühlen hat dieser Streller gewiss noch einige Dokumente und Papiere von früher bei sich. Sentimental genug scheint er mir dafür zu sein!"

„Aber ich weiss offiziell von einer solchen Sache nichts, denn das könnte mich sonst meinen Job kosten! Wenn das nur alles gut geht!"

„Das Einfachste ist manchmal noch immer das Genialste! Kommen Sie, darauf trinken wir ein Gläschen. Wie hiess doch gleich der sprudelnde Weisse, den wir genau hier im Alexander vor Ihrer erfolgreichen Italienreise geleert haben?"

„Féchy, glaube ich!"

„Richtig! Herr Ober, bitte eine Flasche Féchy!"

„Gerne! Wie letztes Mal vor einer Woche?"

„Sie erinnern sich?"

„Ja, auch an Sie als angenehme Gäste und", so flüsterte er lächelnd, „an das grosszügige Trinkgeld!"

9

„Was nur wollte diese etwas mannstolle Cavalli kürzlich mit einem Begleiter hier unten auf der Strasse? Beide blickten ständig zu meiner Terrasse oder gar zu mir, und der Mann telefonierte laufend mit seinem Handy. Oder fotografierte und filmte er sogar?", zermarterte sich Markus Streller immer wieder den Kopf. „Ich muss mal mit ihrem Mann ein Wörtlein reden. Alt bin ich zwar, aber auch misstrauisch und darum vorsichtig!"

Strella wurde am nächsten Tag von Cavalli sehr widerwillig vorgelassen. Seine Zuwendungen und Empfehlungen empfand der Filialleiter zwar als eine nette Geste, und man konnte relativ gute Kunden nicht vergraulen. Aber der Kerl wurde Cavalli doch auch immer unsympathischer, nicht zuletzt wegen der unverfrorenen Annäherung an seine Frau. „Was zum Teufel sieht sie denn nur in diesem alten Knacker?", fluchte er leise vor sich hin.

„Guten Tag, Signore Strella. Sie müssen leider entschuldigen, aber ich kam soeben aus Milano zurück und habe leider nur wenig Zeit! Mit was kann ich Ihnen dienen? Vielleicht ein Ausbau unserer Geschäftsbeziehungen?", meinte der Direttore freundlich-säuerlich.

„Nein, Signore Cavalli. Heute ist alles eher etwas privater Natur. Eigentlich ist es mir ein wenig peinlich, aber ich verschaffe mir immer gern Klarheit!"

Erstaunt und verärgert hob Cavalli seine Brauen und meinte knapp: „Nur zu! Wenn ich Ihnen behilflich sein kann?"

„Nun", stotterte doch zunächst ein bisschen der verunsicherte Strella, „gestern, am späteren Nachmittag, sah ich Ihre Frau Gemahlin mit einem etwa sechzigjährigen und gut gekleideten Herrn unterhalb meines Appartements auf der Strasse längere Zeit plaudern. Ich hatte den Eindruck, dass dieser Begleiter Ihrer Frau während dieser Zeit meine Wohnung oder sogar mich filmte oder fotografierte. Ich weiss, das ist nicht verboten. Aber ich war unangenehm berührt. Können Sie mir vielleicht einen Hinweis geben, um wen es sich hier handelte!"

„Signore Strella, sehen Sie Gespenster?", erwiderte nun Cavalli sehr aufgeregt.

„Nein, Menschen aus Fleisch und Blut! Und nur wenige hier in Carrara wissen um meinen genauen Wohnsitz!"

„Haben Sie nicht das Gefühl, dass Ihnen Ihre Neugierde einen Streich spielt, Signore? Meine Frau hat ihre Bekannten und Verwandten, und sie ist erwachsen und kann doch jemandem unsere schöne Stadt zeigen! Oder etwa nicht? Aber wenn es Sie beruhigt, kann ich sie ja mal diskret fragen, was da war und welchem Verwandten sie schöne Liegenschaften zeigen wollte!"

„Da wäre ich Ihnen zu Dank verpflichtet. Ich glaubte nämlich, auch deutsche Wortfetzen gehört haben", konterte Strella weiter.

„Nun, meine Frau hat auch Bekannte in der Schweiz und in Deutschland! Wieso hören Sie denn so gut die deutsche Sprache heraus?"

„Das ist hier jetzt nicht so wichtig!"

„Für mich aber vielleicht schon!" Aus Cavallis rot angelaufenem Gesicht sprach nun nicht nur Ärger und Verdruss, sogar ein Anflug von Hass. „Gut, ich werde bei Gelegenheit mit meiner Frau sprechen und Ihnen gegebenenfalls Bericht geben!"

Wie eine Erlösung schrillte nun Cavallis Tischtelefon. „Buon giorno", meinte er, eine ganze Oktave freundlicher in den Hörer. Und zu Strella gewandt: „Entschuldigung, aber mein Vorgesetzter aus Milano!" Wortlos wies er ihn mit der Hand zur Tür.

Es war aber nicht sein Vorgesetzter, sondern sein Täubchen Veronica aus Mailand, die ihn fragte, ob er gut nach Hause gekommen sei und wann er denn wiederkomme. Es lohnte sich auf jeden Fall auch rein finanziell.

Und Strella dachte beim Hinausgehen: „Du Simpel, wenn du meinst, mich so abfertigen zu können, fehlt an nächsten Weihnachten etwas Wesentliches im Couvert, oder es gibt für dich kein Essen im Nobelrestaurant. Es gibt auch noch andere Banken in Italien!"

10

Bei den Cavallis gab es am gleichen Abend einen ausgewachsenen Ehekrach, wie seit Jahren nicht mehr. Worte und Kraftausdrücke flogen hin und her wie feurige Pfeile. Eigentlich war die Hölle los, und seltsamerweise tat es beiden gut, mal so richtig Dampf abzulassen. Nur die Wortwahl kann hier nicht in Gänze wiedergegeben werden.

„Bist du Schlampe also gestern mit dem Svizzero noch auf einer kleinen Stadtrundfahrt gewesen?", brüllte Cavalli Patricia an und war selbst erstaunt über seine Wut und Eifersucht. „Warum ist dieser Kerl immer noch hier?"

„Sag noch einmal Schlampe, du Lümmel. Dann werde ich dich und deine Veronica aus Mailand mittels der Presse an den Pranger stellen, dass dir Hören und Sehen vergeht! Du kannst mich ja für dumm ansehen. Aber das heisst noch lange nicht, dass ich auch so dumm bin!"

„Seit wann bellen wir uns eigentlich nur noch an wie Hunde? Haben wir uns denn nie geliebt?"

„Frag dich doch selbst mal! Liebe? Ja, das war einmal. Aber du hast so ziemlich alles vermasselt und mich nur gerne als Sexpüppchen den Kollegen vorgeführt, um sie neidisch zu machen, und mich dadurch oft sehr gekränkt!"

Schliesslich knallten Türen, und dann war nach dem Riesenlärm plötzlich erdrückende Stille im Haus, in der beide zunächst stinkwütend und dann erschöpft in einem Zimmer auf einen Sessel sanken. „Eigentlich sind wir blöd und benehmen uns noch blöder", dachten sie nach einiger Zeit der Besinnung. „Wir sollten uns echt Mühe geben, einen zweiten Anfang zu machen, da der Scherbenhaufen noch nicht zu gross ist. Aber wer macht den ersten entscheidenden Schritt?"

Etwa zur gleichen Zeit trank Markus Streller auf seiner Terrasse ein gutes Glas würzigen toskanischen Weins und überlegte seine nächste Aktion. Bis er von Cavalli einen einigermassen verlässlichen Bericht erhalten könnte, würde er vermutlich wirklich schon achtzig sein.

Ich will doch schon lange wieder einmal nach Florenz reisen, in eine hübsche kleine Suite in der Nähe der Altstadt, in einem gemütlichen Hotel, das ich von früher her noch gut kenne. Immerhin zählt Firenze etwa 400'000 Einwohner und die Region sogar etwa eineinhalb Millionen. Dort würde eine eventuelle Suche nach mir doch der berühmten Nadel im Heuhaufen gleichen. Zwei oder drei Wochen abtauchen schadet nichts! Und dort will ich nochmals Michelangelos Meisterwerk, die mit Sockel fünfeinhalb Meter hohe Figur des Davids in der Galleria dell'Accademia bewundern und geniessen.

Der Überlieferung nach hatten im 15. Jahrhundert schon zwei Künstler an diesem riesigen Marmorblock versucht, einen Statue zu schaffen und es war ihnen misslungen. Michelangelo schuf also sozusagen an einem kaputten Riesenstein eines der grössten Meisterwerke der Menschheit. Ob dies nun wirklich das Original ist oder doch auch nur eine Kopie? Wer weiss das schon hundertprozentig.

Vieles auf dieser Welt ist nur Kopie, weil das Original verschwunden ist oder von einem superreichen Spinner in seiner Kunstsammlung verborgen wird!

Von Florenz aus lasse ich dann meinen Wohnsitz hier in Carrara überwachen und werde hoffentlich wieder sicher und ruhig leben!"

11

Heiner Streller, wie oft hatte er diesen seinen doch so gewöhnlichen Namen verflucht, den ihm seine Eltern vermutlich noch mit Stolz gaben, denn er wäre gerne was Aussergewöhnliches gewesen, roch Blut, oder besser gesagt Geld!

„Wenn mein alter und seniler Vater wirklich der Amokläufer in Zürich ist, und es sieht ganz so aus, dann hat er sicher einige Kröten zuvor beiseite geschafft und lebt in Bel Paese herrlich und in Freuden. Ich muss ihm mal etwas auf die Pelle rücken, um meine Zukunft besser abzusichern. Meine Malerei hat die Glanzzeiten hinter sich. Wenige sind momentan noch bereit, für ein paar wirklich gekonnte Pinselstriche einige Tausender hinzublättern."

Mit solchen und ähnlichen Gedanken fuhr Heiner eines Nachmittags nach all den Befragungen in Zürich von Stuttgart nach Carrara, unbemerkt beschattet von einem immer mit nötigem Abstand ihn verfolgenden Wagen aus Zürich mit drei Herren an Bord, die manchmal etwas müde und dann auch wieder munter auf Schweizerdeutsch drauflos schwadronierten.

In irgendeinem unbedachten Augenblick und in einem Anflug von Nostalgie schickte Markus Streller seinem Sohn vor einiger Zeit mal eine Ansichtskarte aus Carrara, mit einer Aufnahme eines repräsentativen Baues an der Via San Pietro. Er hatte also seine Anschrift in Stuttgart doch herausgefunden.

Mit dieser Karte spielte nun Heiner schon seit etwa 300 Kilometern Fahrt und wollte diese Adresse aufsuchen. Durch diese Spielerei sparte er bisher auf der Fahrt gewiss schon etwa acht Zigaretten, denn er war ein starker Raucher. Sein Lebensgefährte und Freund Rüdiger in Stuttgart übrigens nicht, und sie gerieten manchmal deswegen in einen Streit.

„Nun, Rüdiger ist einfach ein eingefleischter Nichtraucher und er meint auch immer, bei einem Fahrzeugwechsel würde ich für die alte Karre wegen des Rauchens ein paar Tausender weniger lösen. Sei's drum. Wenn mein Erzeuger wüsste, dass ich auf sexuellem Gebiet auch anders gewickelt bin, was gäbe dies wohl für ein Theater? Dabei sind doch gerade Menschen mit solcher Veranlagung oft viel feinfühliger, den schöngeistigen Dingen mehr zugetan und viel kunstbeflissener! Sieht man doch bei mir mit der Malerei oder etwa nicht?"

Auf der weiteren Fahrt in den Süden überlegte Heiner dann: „Aber gesetzt den Fall, es gibt dieses Haus wirklich, wie komme ich dort hinein? Suchte mein älterer Herr damals, also vor schon etwa vor Monaten, eine Art Aussöhnung? Packen wir die Sache beim Schopf!"

Und die drei Schweizer von einer etwas undurchsichtigen privaten Detektei meinten bereits zum dritten Mal: „Wenn uns jemand bei unserer Aktion erwischt und wir wegen Einbruch oder weiss der Teufel was angeklagt werden, dann brauchen wir aber einen guten Rechtsverdreher, der uns aus des Teufels Küche wieder herausholt!"

„Nun, wir haben schon ganz andere Dinge gedreht", tröstete der dritte, etwas dickliche Mann die beiden Begleiter.

12

Die Jahrhunderte alten Balken an der Decke, von früheren Rauchschwaden und Ölfunzeln geschwärzt, gaben der alten Kaschemme in der Altstadt von Florenz ein pittoreskes Gepräge und wirkten irgendwie bedrohlich, aber anderseits auch gemütlich. Eigentlich waren es nur einige äusserliche Eindrücke, die den Eindruck einer Kaschemme erzeugen wollten. In Wirklichkeit war dies ein Nobelrestaurant. Es war genau die Atmosphäre für geheimnisvolle Gespräche, heizte solche vermutlich noch an, und zwar für vermögende Kundschaft.

Florenz blickt auf eine bewegte Geschichte zurück. Aufgrund seiner kulturellen Bedeutung wurde die Stadt im 19. Jahrhundert auch als das „italienische Athen" bezeichnet. Durchflossen vom Fluss Arno, der allerdings oft auch zu Zerstörung und Überflutungen führte, sind in dessen Wasser heute gewiss weniger Bakterien und Dreck aller Art zu finden, als im Mittelalter alle Abwässer und Fäkalien hineinflossen. Florenz wurde schon 59 vor Christus mit dem Namen Florentia gegründet und verfügte schon bald über Thermalbäder und ein Amphitheater. Die Stadt blühte vor allem im 14. und 15. Jahrhundert auf und setzte Massstäbe für die europäische Kunst.

Eines haben die Florentiner sicher in all diesen Zeiten gelernt: Den Unterschied zwischen fremden Kaufleuten, Reisenden, Besuchern und den Einheimischen bald zu erkennen. So wurden auch die Preise angesetzt. Dies war bis heute so in der Herberge zur „Goldenen Gans", denn es gab dort Speisekarten mit und ohne Preisangabe. Ohne Preis vor allem für die Touristen.

Das alles wusste auch Markus Streller aus früheren Jahren ganz genau und trotzdem verabredete er sich mit Bruno Rossi dort. Bruno Rossi? Ob das sein wirklicher Name war? Spielt eigentlich keine Rolle, so lange man von ihm kriegte, was man wollte. Und von Rossi kriegte man gegen gutes Geld fast alles!

Nachdem Streller für einen wirklich guten Antipasti-teller mit exzellentem, in Olivenöl eingelegtem Gemüse, ein paar Scheiben Salami, Mortadella, Coppa und grossartigem Mozzarella, dazu einem guten Glas rubinrotem Wein aus der Toskana sowie einem sündhaft guten Grappa um die vierhundert Euro hingeblättert hatte, meinte Rossi etwas süffisant lächelnd:

„Was kann ich denn heute für Sie tun, Signore Strella? Brennt es irgendwie und irgendwo?"

„Ich hoffe, dass Sie ein kleines technisches Problem lösen können!"

„Heute ist fast alles möglich. Gewiefte Kerle können vielleicht bald den Code für den Start der Interkontinentalraketen knacken", lachte Rossi, wurde aber bald wieder ernst. „Es ist alles ja auch eine Frage des Geldes, nicht nur der Technik!"

„Meine Wohnung in Carrara, deren Sicherheitsanlage Sie selbst noch installieren liessen, erhält vielleicht demnächst unliebsamen Besuch. Kameras und Infrarotbarrieren sollten noch intakt sein. Kann man solche Besucher oder besser gesagt Eindringlinge auch von Florenz aus überwachen und eventuell sogar stellen?"

„Hm, möglich ist das, aber teuer!"

„Bei Ihnen ist alles teuer! Wichtig ist der Erfolg!"

„Ich benötige Ihr iPhone, Ihren Laptop, die genauen Pläne der Alarmanlage und den Code. Ein Mann muss auch in Ihrer Wohnung die nötigen zusätzlichen technischen Einrichtungen vornehmen. Dann können Sie jederzeit auf dem Laptop von hier aus Ihre Besucher überwachen und speichern."

„Wollen Sie mich nackt ausziehen?"

„Nein, das nicht! Wenn schon dann lieber unsere Kellnerin von heute Abend! Aber ohne Anpassungen und zusätzliche technischen Spiele geht es nicht. Und nun noch das Wichtigste: Der ganze Spass kostet Sie um die 50'000 Euro! Einverstanden?"

„Sie sind ein Halsabschneider. Aber ich will wissen, ob mir jemand auf den Fersen ist!"

„Es ist zuweilen lebensnotwendig, solches zu wissen und den Kerlen einen Schritt voraus zu sein. Top?"

„Top!"

13

Der Verbindungsmann, oder wohl besser gesagt Rossis Lakai in Carrara, hörte auf den Namen Guglielmo. Fluchend griff er zu seinem Handy, das ihn morgens um zwei Uhr aus tiefstem Schlaf riss. Guglielmo war eine durch besondere Lebensumstände eine etwas heruntergekommene Gestalt, aber technisch immer noch ein grosses As.

„Porca miseria", knurrte er ins Telefon, „Pronto! Aber welcher Idiot weckt mich denn um diese Zeit?"

„Buon Giorno Guglielmo, hier spricht Rossi, diesmal aus Firenze. Zufälligerweise weiss ich, welch Zeit es ist. Aber es ist dringend! Schau in deinen Laptop und checke meine Mail. Dann mach dich so bald wie möglich, nein sofort, an die Arbeit. Es gibt was zu verdienen, und da sollte die Uhrzeit keine Rolle spielen, oder nicht?" Lachend legte Rossi auf. Nun doch etwas neugierig geworden schlurfte Guglielmo noch schlaftrunken zu seinem hochmodernen Laptop.

Die Pläne für die Alarmanlage sowie den Code besass er noch. Man weiss ja nie, wann man so etwas selbst mal benutzen konnte. So war der Auftrag von Rossi für ihn eigentlich ein Kinderspiel. Die Schwierigkeit bestand einzig darin, ungesehen in das Appartement zu kommen mit den nötigen Hightechapparaten. Am besten wäre noch heute früh, wenn alles schläft.

„Also, auf ans Werk, und hernach ein paar Euro in die Tasche stecken! Warum nur will dieser Strella seine Wohnung von Florenz aus überwachen lassen? Was hat dieser undurchsichtige Kerl wohl alles zu verbergen? Vielleicht liegen hier auch noch ein paar Scheine drin!"

So werkelte Guglielmo in der Attikawohnung der Via San Pietro Numero 13 bereits morgens um halb fünf Uhr an der Überwachungsanlage herum, als Heiner Streller, einerseits hundemüde von der langen Fahrt, andererseits aber hellwach die Ansichtskarte mit den Gebäuden verglich und zum Resultat kam: „Hier muss es sein! Aber warum brennt dann da oben bereits Licht? Ist mein alter Herr schon auf? Ich gehe am besten rauf und überrumple ihn. Besser komme ich ja gar nicht in seine Höhle rein!"

Der Eingang zum Haus aber war verschlossen, und auf sein Klingeln beim Schild Marco Strella reagierte niemand. Im Gegenteil, das Licht in der obersten

Wohnung erlosch plötzlich. „Marco Strella" nennt er sich also hier! Nicht sehr originell und fantasievoll. Da kommt ja jeder Blödian darauf, dass es sich um die eine und selbe Person handeln kann. Nun, er hängt halt an altem Zeug, und es wäre ihm zu schwer gefallen, den alten Namen gänzlich verschwinden zu lassen. Dummkopf!"

Jetzt öffnete sich die Haustür von innen, weil eine Nonna ihren Hund so früh schon Gassi führen wollte oder musste. Misstrauisch beäugten die Frau und der Hund den Fremden an der Türe.

„Buon giorno, Signorina", lächelte Heiner die Nonna etwas übernächtigt an und suchte krampfhaft nach einigen italienischen Vokabeln, die ihm aber einfach nicht einfielen.

„Mio papà, mia padre, Signore Strella" stotterte er etwas vor sich hin und zeigte mit der Hand Richtung Attikawohnung. „Non ha una chiave!"

Ob die Anrede Signorina die Frau etwas freundlicher dreinblicken liess? Wer weiss! Manchmal wirken sogar heute noch solch plumpe Dinge Wunder. Beim Hund aber nicht. Dieser verfolgte jede Bewegung von Heiner mit giftigen und misstrauischen Blicken. Jedenfalls konnte sich Streller dann doch mit langsamen Bewegungen durch die Haustüre Richtung Fahrstuhl davonmachen.

In der Eile und wohl auch Sorglosigkeit hatte Guglielmo vergessen, hinter sich die aufgebrochene Türe wieder zu schliessen. So drückte Heiner einfach die Klinke herunter und trat ins Dunkle ein. Dann erhielt er mit einem dumpfen, aber kräftigen Schlag eins auf den Schädel, das ihn sofort zu Boden gehen liess. Blutüberströmt lag er schliesslich auf weissem Carrara-Marmor, als Guglielmo wieder ein Licht anknipste und fluchte: „Hoffentlich habe ich den Kerl nicht endgültig erledigt! So schnell wie möglich ab und weg, sonst komme ich in Teufels Küche!"

In Florenz funktionierte, wenn auch noch nicht ganz lupenrein, doch schon eine Übertragung auf Markus Strellers iPhone und sogar fragmenthaft auf seinem Laptop. Fast zu Tode erschrocken erkannte er den in seinem Blute am Boden Liegenden! „Himmel und Hölle, das muss ja Heiner sein! Wie kommt denn der in meine Wohnung, und wer hat ihn derart zugerichtet? Ist er sogar tot? Ich muss sofort zurück nach Carrara!"

Er versuchte krampfhaft und einem Nervenzusammenbruch nahe Rossi zu erreichen, aber alle Verbindungen waren tot. „Natürlich, immer wenn man die Saukerle dringend braucht, sind sie wie vom Erdboden verschwunden! Ist der Mann im Blut in meiner Wohnung wirklich Heiner? Ich habe ihn ja seit Jahren nicht mehr gesehen, und das Bild war nur schemenhaft. Aber man vergisst doch trotz allen Enttäuschungen nicht sein eigenes Fleisch und Blut!"

Markus Streller schreckte auf, als später im ersten Frühzug sein Handy klingelte. „Signore Strella, erwische ich Sie endlich! Wo zum Teufel sind Sie?" „Und wo stecken Sie, Rossi? Immer wenn man Sie dringend braucht, sind Sie abgetaucht! Ich sitze bereits in der Eisenbahn zurück nach Carrara. Haben Sie denn nicht mitbekommen, dass bei mir zu Hause die Hölle los ist?"

„Sofort bei nächster Gelegenheit aussteigen oder sogar die Notbremse betätigen. Ihnen ist offenbar eine ganze Horde auf den Fersen. Wollen Sie mitten in ellenlange und sehr ungemütliche Ermittlungen der Polizei geraten? Haben Sie nicht mitbekommen, dass nach dem Eindringen des ersten Besuchers nochmals drei Leute Ihre Wohnung stürmten? Als diese den Bewusstlosen am Boden sahen, haben sie sich flüchtig umgesehen und vermutlich einige Papiere mitgenommen.

Eine Frau, die mit dem Hund spazieren ging, alarmierte aber die Carabinieri. Die drei rochen den Braten, denn die Idioten von der Polizei kamen mit Signalhorn und Blaulicht angebraust, und flüchteten über die Terrasse an der Mauer hinunter. Sicher Profis, die so etwas nicht zum ersten Mal durchzogen. Also, machen Sie, was Sie wollen. Vielleicht besuche ich Sie mal in der Untersuchungshaft. Aber es gibt in Florenz noch einige schöne Lokale, in denen wir präzise und mit der nötigen Ruhe das Weitere planen können!"

„Und der Mann am Boden? Ist er tot oder doch nur verletzt?"

„Vermutlich nur verletzt. Kopfwunden sehen immer sofort scheusslich aus. Man verliert dabei auch oft viel Blut. Also, im ‚Oro rosso' zu einem späten Frühstück?"

„Was bleibt mir anderes übrig, Sie Haifisch", rief Streller viel zu laut ins Handy, obschon um diese Zeit der Zug noch nicht voll besetzt war.

„Sie scheinen mir aber auch keine einfache Bachforelle zu sein! Am besten planen Sie eine Reise weiter südlich. Norditalien ist halt doch nahe bei der Schweiz, mit der Sie ja ab und zu Beziehungen zu haben scheinen. Wie wäre es vorübergehend mit Sizilien, Nordafrika oder gar den Kanaren? Einfach mal überlegen!" Dann war die Leitung wieder tot.

14

Heiner Streller wurde, noch immer nicht ansprechbar, mit einem ziemlich klapprigen Krankenwagen in ein ebenfalls klappriges Hospital überführt, mit dem schönen Namen „Haus der barmherzigen Schwestern". So barmherzig sahen dort die Schwestern, die Pfleger, die Ärzte allerdings nicht aus. Alle waren mürrisch und das Krankenhaus auch ein wenig muffig und altmodisch.

Die Polizei fand beim Verletzten einen Schweizer und deutschen Pass vor. Deshalb wurde ein Carabiniere ins Krankenhaus abgestellt, der einige Brocken deutsch und englisch sprach.
Natürlich viel zu wenig, um nur einigermassen eine Befragung durchzuführen.

Es war kein Schädelbruch, sondern nur ein Schwartenriss und ein Schock mit zuvoriger Bewusstlosigkeit bei Heiner diagnostiziert worden. Jedes Wort, das er herausklaubte, zuckte in seinem Schädel wie ein feuriger Pfeil. Darum verblieb er bewusst in einem gewissen Dämmerzustand. Nur dieser konnte nicht ewig andauern, denn inzwischen war ein Beamter eingetroffen, der ihn mit Fragen in ziemlich gutem Deutsch löcherte.

„Hören Sie, Signore: Ich wollte meinen Vater besuchen und überraschen. Wir hatten uns in den letzten Jahren etwas entzweit. Nun war es an der Zeit, uns endlich wiederzufinden. Marco Strella heisst auch Markus Streller und er ist italienisch-schweizerischer Doppelbürger. Man munkelt, er werde in Zürich wegen eines begangenen Verbrechens gesucht, was ich aber nicht glauben kann. Ich wohne in Stuttgart in Germania. Wer war der verrückte Kerl, der mich in seiner Wohnung fast totgeschlagen hat? Haben Sie eine Zigarette?" Kaum jemals in seinem Leben kosteten Heiner diese Worte eine solche Kraftanstrengung, während hundert Blitze durch sein Hirn fuhren.

„Endlich singt der Vogel", meinte der Polizist, ziemlich angewidert von seiner Aufgabe.

Endlose Befragungen – oder waren es bereits Verhöre? – folgten, und alle Fragenden verloren mit der Zeit endgültig die Geduld. „Schieben wir den Kerl doch ab. Der bringt uns nichts! Wenn er scharf ist auf Papas Kohle, kommt er früher oder später wieder. Aber wo ist der Alte? Niemand will die leiseste Ahnung haben! Nun, so tragisch ist die Geschichte ja auch nicht. Der Kerl hat wirklich einiges im Trockenen. Er ist für unsere Verhältnisse recht begütert, aber nicht etwa stinkreich.

Und Schlägereien in Häusern gab und gibt es auch in Carrara, so lange es Menschen hier gibt. Um Himmels Willen aber vorläufig kein Wort nach Zürich, sonst haben wir diese Erbsenzähler auch noch hier um die Ohren!"

Im „Oro rosso" in Firenze war es eigentlich schon viel zu spät für ein Frühstück. Eine prima colazione in Italien ist ja schon eine einfache Sache. Ein starker Espresso und ein süssliches Croissants – fertig. Aber für verwöhnte Gäste kann man auch dort selbst am Mittag noch zaubern. Streller hatte absolut keinen Appetit. Aber interessanterweise regten Aufregungen die Magennerven und Säfte bei Signor Rossi an. Er ass mit Vergnügen und Lust ein vor allem für italienische Begriffe fürstliches Frühstück, währenddem Streller nur drei oder vier Espressi hinunterspülte.

„Warum gilt denn das alte Klischee noch: Palermo gleich Mafia?", meinte mampfend Rossi. „Die Mafia ist doch heute überall, und Palermo ist ein altes Geschichtchen aus versunkenen Tagen. Aber es ist immer noch besser, vorübergehend unterzutauchen und abzuwarten, wie sich die Sache entwickelt!"

„Ich ziehe aber auf Sizilien Taormina vor", meinte Strella mürrisch.

„Gut, aber denken Sie daran: Dort wimmelt es von Touristen – auch aus der Schweiz!"

„Was erwähnen Sie auch immer die Schweiz im Zusammenhang mit mir?"

„Man hat eben seine Informationen", schmatzte Rossi weiter.

„Übrigens: Wo Sie sich auch aufhalten wollen, benutzen Sie möglichst in nächster Zeit weder Laptop noch iPhone. Und immer bar bezahlen! Keine Kreditkarten benutzen. Man findet Sie sonst noch auf dem Mond! Kann mir gut vorstellen, dass man Sie intensiv sucht!"

„Scheisswelt und Scheisstechnik!"

„Alles halb so schlimm, wenn man um die wichtigsten Vorsichtsmassnahmen weiss!"

Die Rechnung im „Oro rosso" war wieder mal gesalzen und gewürzt, sehr zur Freude von Rossi und zum Ärger von Streller, der sich so schnell wie möglich nach Sizilien aufmachte.

15

Äusserlich gelassen, aber innerlich wütend, kehrte das Sonderkommando aus Carrara nach Zürich zurück, das offiziell gar keinen Auftrag hatte. Inoffiziell hofften aber einige Amtsstellen, diese würden mindestens genauere Angaben oder sogar den Amokläufer von Zürich „abliefern". Immerhin wurde eines klar: Markus Streller lebte bis jetzt unter dem Namen Marco Strella in Carrara. Einsam und etwas verlassen zwar, aber allem Anschein nach gar nicht schlecht.

Einsam war er zuvor ja wohl schon auch in Zürich. Sollte man nochmals einen Vorstoss bei den italienischen Behörden unternehmen? Wie aber denen das Wissen erklären? Am besten ermittelte man weiterhin verdeckt. Sein Sohn in Stuttgart war vorübergehend auch von der Bildfläche verschwunden. „Donnerwetter, gibt es denn so etwas im Zeitalter des ‚gläsernen Menschen'?", wurde geflucht und getobt.

So was gibt es vermutlich noch sehr oft, selbst im anscheinend so kontrollierbaren Mitteleuropa.

In Taormina auf Sizilien herrschten schon angenehme Temperaturen. Am Golf von Naxos und der kleinen Insel Isola Bella scheuchten bereits jetzt ganze Hühnerschwärme von Touristen herum, aus deren Geschnatter und Geplapper man ein Dutzend Sprachen heraushören konnte.

Schon im vierten Jahrhundert vor Christus wurde das Städtchen von Griechen gegründet. Eigentliche Berühmtheit erhielt aber diese malerische Landschaft mit Blick auf den Ätna und das Meer durch Johann Wolfgang Goethe, der den Ort 1787 besuchte und ihm einige Seiten in seinen Werken widmete. Später folgten andere Grössen wie der deutsche Kaiser Wilhelm II, Kaiserin Elisabeth von Österreich-Ungarn und noch später berühmte Filmstars. Dies alles kümmerte Markus Streller wenig. Er wollte so bald wie möglich wieder nach Norden und klar Schiff machen. Aber von Rossi hörte er bisher kaum ein Wort!

Etwas anderes erlauschte er an einem der Nebentische im Hotel, in dem er sich halb zu Tode langweilte: Schweizerdeutsch mit Zürcher Einschlag! „Donnerwetter, es gibt nicht mal ganz acht Millionen Schweizer und noch weniger Zürcher. Aber sie sind überall auf der Welt!"

Wie gern hätte er ein paar Worte mit dem Pärchen in seinem Dialekt gewechselt, aber er durfte nicht sen

timental werden. Es genügte völlig, dass ihm ein gewisser Schreck in die Knochen fuhr, als er eines späten Abends seine Story mit anhören musste,:
„Lebt wohl das Phantom von Zürich noch, das vor Weihnachten ein Blutbad anrichtete? Hier wäre doch ein ideales Versteck für diesen Verrückten!"

„Wie kommst du denn jetzt und hier darauf?"

„Weiss nicht! Aber das wäre doch eine Alternative für einen alten und verbitterten Mann!"

„Erinnerst du dich überhaupt noch, wie der aussah? Sein Bild war doch damals in allen Zeitungen!"

„Flüchtig. Die Aufnahmen von damals waren vermutlich schon etwas veraltet. Aber er kniff sein linkes Auge halb zu. Das weiss ich noch genau, denn ich sah mir das Scheusal genau an!" Eiligst schob sich Streller seine Sonnenbrille über und verschwand fast fluchtartig von seinem Tisch. „Hat man denn zum Teufel nirgendwo seine Ruhe!", rasten seine Gedanken.
„Vielleicht wäre es besser gewesen, ich hätte mich vor Weihnachten in Zürich auch umgebracht? Nein, ihr schwarzen Vögel, macht mir mein Hirn nicht kaputt! Ich muss mit Rossi sprechen, und zwar in den nächsten Stunden!"

War es Gedankenübertragung oder einfach Zufall? Rossi traf doch tatsächlich am selben Abend in Naxos ein und hinterliess an der Rezeption eine Nachricht für Streller: „Gegen Mitternacht an der Bar. Müssen die neuste Lage besprechen!"

16

Um Mitternacht war immer noch Hochbetrieb an der Bar. Träumen denn alle von erotischen Urlaubserlebnissen und von Alkoholorgien? Wollen viele Vieles einfach verdrängen und vergessen und die innere Leere übertünchen?

„Jetzt hören Sie mir mal ganz genau zu, Rossi! Ich halte das hier nicht mehr aus! Verkaufen Sie, wegen mir auf dem Schwarzmarkt, meine Wohnung, verschieben Sie meine Konten nach Singapur oder weiss Gott wohin. So weit weg wie möglich! Sie kriegen Ihre wie üblich fürstliche Provision, und dann Rossi: Auf Nimmerwiedersehen! Nein, halt, noch eines: Suchen Sie meinen Sohn Heiner, vermutlich und hoffentlich wieder gesund und in Stuttgart, und vereinbaren Sie ein Treffen zwischen ihm und mir! Wenn weiterhin nichts geschieht, drehe ich durch!" Alle diese Liebenswürdigkeiten schleuderte Streller seinem Mittelsmann an den Kopf, bevor er überhaupt guten Abend brummte.

„Langsam, Strella!", mahnte Rossi. Ich bin ja hier, um in Ruhe alles zu besprechen!"

„Die Zeit der Ruhe ist vorbei", zischte Streller. „Jetzt wird gehandelt, und wenn es sein muss radikal und vor allem sofort!"

„Brauchen Sie mich noch oder nicht mehr? Dann hier noch die Abschlussrechnung für alle Aufwendungen in Firenze. 30'000 Euro sind angemessen!"

„Halsabschneider!"

„Werden Sie zahlen oder muss ich Druck anwenden?"

„Ich zahle, wenn alles in Singapur unter meinem Namen für mich zugänglich ist!"

„Aber die Dreissigtausend hier und sofort. Sonst lernen Sie mich von einer neuen Seite kennen."

„So, fertig mit Drohungen!", meinte schliesslich Strella, sichtlich ermüdet und bleich. Wie geht's in Carrara?"

„Ihre Konten und die Wohnung werden überwacht, aber mit widerwilliger südländischer Gründlichkeit. Man kann schon etwas machen und transferieren, wenn man schlau genug und im richtigen Moment auch grosszügig ist", erläuterte Rossi. Bei sich dachte er: „Reise nur erst mal ab nach Singapur, dann wirst du dich noch wundern, du Würstchen."

Eine gewisse, wenn auch noch unbestimmte Vorahnung beklemmte Streller. Aber was konnte er tun? Wenig bis nichts! Und so wurde bis gegen zwei Uhr morgens der Ton zwischen den beiden etwas freundlicher. Diese Freundlichkeit kam aber nicht von innen, sondern war nur aufgesetzt. Das empfanden sicher auch beide so, denn der Abschied war wieder ziemlich frostig.

17

Einen guten Monat später hatte sich Markus Streller einfach noch nicht an das tropische und feuchtheisse Klima in Südostasien gewöhnt. Er würde sich auch nie daran gewöhnen können und sehnte sich nach mitteleuropäischem Wetter zurück. Sein etwas zugekniffenes linkes Auge, so meinte er, ging in dieser berühmten und verrückten Stadt gar nie mehr richtig auf. Am liebsten wäre er in seinem Hotel noch mit einer dunklen Sonnenbrille im Bett gelegen, obschon die Klimaanlage dort meistens auf eiskalt gestellt war.

„Weit genug bin ich hier weg, aber hier verbringe ich nicht noch den ganzen Rest meines Lebens!", sagte er sich nahezu täglich. „Meine paar Brocken Englisch haben sich zwar schon etwas vergrössert. Trotzdem reicht es nicht mal aus, um anständig einzukaufen!"

Die heute fast fünf Millionen Einwohner auf Singapurs kleinem und engem Raum bilden schon einen einmaligen Schmelztiegel der Rassen und Religionen. Ob Tag oder Nacht bietet die Skyline auch einen atemberaubenden Anblick. Das Gewimmel auf den Strassen auch. Trotzdem gibt es offiziell deswegen keine Auseinandersetzungen. Man ist höflich in Singapur, und das gesellschaftliche Leben ist stark durchdrungen vom Konfuzianismus. Die ersten Aufzeichnungen des Ortes stammen aus dem dritten Jahrhundert nach Christus. Es waren wohl nur ein paar Fischerhütten vorhanden, und so ist aus jener Zeit archäologisch praktisch auch nichts erhalten.

Im Jahre 1819 gründete Sir Thomas Stanford Raffles die erste britische Niederlassung. Vorher war die Insel nur von 20 malaiischen Fischerfamilien bevölkert und ein Rückzugsort der Seeräuber. Der Schifffahrtsweg von Europa nach China brachte aber alles zum Blühen.

Die Verstösse gegen Sauberkeit, das Wegwerfen eines Kaugummis oder einer Zigarette können drakonische Strafen bis tausend und mehr Dollar nach sich ziehen. Auch die Prügelstrafe, bei Rauschgift sogar die Todesstrafe, sind allgegenwärtige Drohungen. So sei die Kriminalitätsrate eine der niedrigsten der Welt. Ob das stimmt? Wer weiss dies genau! Kann nicht im riesigen Containerhafen, in alten chinesischen oder malaiischen Gebäuden, beliebte Fotosujets neben der imposanten Skyline, doch auch das Verbrechen still und heimlich gedeihen? Natürlich anders als in den Teppichetagen der Grossbanken und der Global Players, in denen ein Heer von Rechtsanwälten für weisse Westen sorgt?

Markus Streller glaubte auch nicht so recht an die absolute Gesetzestreue der Leute in Singapur. Er machte sowieso die wohl grösste Krise seines Lebens durch. „Ich existiere hier zwar, aber ich lebe nicht! Was hat dies alles noch für einen Sinn? Geht es wohl nach dem Tod in irgendeiner Form weiter? Wenn nicht, dann sind wir also ein Zufallsprodukt der Evolution? Wenn doch, was dann? Werden alle schlechten Taten uns weiter verfolgen? Also doch eine Art Hölle? Einen Teil der Hölle trage ich ja bereits in mir! Ich muss Abwechslung suchen, sonst drehe ich noch durch. Und von dem verfluchten Rossi aus Italien hört man nichts, kein Sterbenswörtlein!"

So besuchte er die zum Teil verfallenen Häuser von früher – und fand nichts! „Tickt denn hier kein virtuoses Hirn? Sind hier alle so stinklangweilig brav? Über der Grenze in Malaysia sieht es vermutlich schon anders aus. Aber dort kommt kaum eine Maus ungesehen hindurch."

Wenn eine Bombe im Hotel von Streller explodiert wäre, so würde seine Aufregung kaum grösser gewesen sein. Er erhielt von seinem Sohn Heiner aus Stuttgart eine SMS mit dem Hauptinhalt: „Papa, es ist Zeit zusammenzukommen. Habe viel zu erzählen.

Brauchen beide jetzt gute Nerven und Gelassenheit. Auch das Neuste von einem sogenannten Rossi aus Italien. Bin in zwei Tagen mit der Lufthansa aus Franfurt kommend in Singapur. Kannst du mich abholen?"

„Woher hat Heiner meine Handy-Nummer, und von wem weiss er, dass ich in Singapur bin? Vermutlich nur von Rossi. Hat er ihn also getroffen? Gut, dass er kommt. Es ist wirklich Zeit zur Versöhnung. Irgendwie werde ich steinalt, ich Trottel, denn im mir nagt sein einiger Zeit ein gewisses Heimweh. Einfach unerklärlich, aber es ist immer stärker da. Ich bin vermutlich auch schwer krank. In meinem Körper weiten sich oft wellenförmige Schmerzen aus. Aber die Ärzte soll der Teufel holen. Mich holt er vielleicht auch bald!"

18

In den zwei Tagen dehnten sich die Minuten zu Stunden, die Stunden zu endlosen Tagen, und die zwei Tage zu Ewigkeiten.

Vor lauter Aufregung erkannte Streller seinen Sohn in dem herauseilenden Strom von Passagieren im Moment gar nicht, bis dieser vor ihm stand und etwas zaghaft meinte: „Hallo Papa!" Sie umarmten sich nicht, sondern standen beide ganz verdattert im Menschengewühl, bis sich Heiner schliesslich aufraffte und hervorkaute: „Wollen wir nicht zu dir nach Hause? Du hast doch hier gewiss eine Bleibe gefunden?" Endlich erfolgte nach Jahren ein erst zaghafter, dann aber ein freudiger Händedruck.

„Aber natürlich, komm Heiner. Eine neue Zeit bricht an!"

„Erwarte von dieser aber keine Wunder! Übrigens herrscht hier ein scheussliches Klima vor für einen Mitteleuropäer!"

„Wie recht du hast. Man wird hier vermutlich schneller krank als bei uns mit den herrlichen vier Jahreszeiten!"

„Heimweh?"

„Manchmal schon ein wenig. Oder sogar ein wenig viel!"

Nun fuhren sie ziemlich einsilbig durch die Stadt zu Strellers Hotel. In seiner Junior-Suite tranken die beiden zunächst mal ein Bier und einen Schnaps, ehe Heiner mit seinem Bericht begann. „Vater, jetzt bin ich auch flüchtig und unstet wie du, denn ich habe einen Menschen, nein, einen miesen Halunken umgebracht. Aber schön der Reihe nach!

Ich habe mich im Streit von meinem Freund in Stuttgart getrennt, nachdem ich versuchte, dich in Carrara zu treffen und dort in deiner Wohnung brutal zusammengeschlagen wurde."

„Freund in Stuttgart? Hast du denn mit einem solchen zusammengelebt?"

„Ja, Vater! Ich bin schwul, ob dir dies gefällt oder nicht. Aber unterbrich mich jetzt nicht ständig, sonst werde ich mit meinem Bericht nicht fertig! Also zog ich endgültig nach Carrara, um zu sehen, was dort mit deiner luxuriösen Wohnung geschieht. Du giltst langsam als verschollen, und so habe ich Fragmente über deine sonstigen Vermögensverhältnisse zusammengeklaubt. Ich glaubte auch, mit meinen abstrakten Bildern in Italien mehr Erfolg zu haben als in Deutschland. Weit gefehlt, jedenfalls nicht in einem Provinzstädtchen wie Carrara. Bei den Leuten dort gilt vermutlich nur als Kunst, was mindesten dreihundert Jahre alt ist.

Eines Tages tauchte ein gewisser Signore Rossi auf, der offenbar von dir den Auftrag hatte, die Wohnung zu verkaufen und die Bankkonten zu transferieren. Dieser Rossi wurde dreist und ich staunte nicht schlecht, als er einem Interessenten die Wohnung für einen Pappenstiel von einer guten halben Million Euro andrehte und danach vermutlich selbst mit dem Geld auf Nimmerwiedersehen abhauen wollte. Er hiess gar nicht Rossi, wie sich herausstellte, trat aber in Carrara meist unter diesem Namen auf. Offenbar wurde für ihn der Boden dort zu heiss, denn er hatte grosse Eile, endgültig zu verschwinden. Kunststück: Deine Bankkonten waren transferiert worden, und zwar nach Dubrovnik in Kroatien. Ich aber prügelte buchstäblich aus ihm heraus, dass du in Singapur lebst. Du wirst demnach von deinem Geld keinen Heller und Pfennig mehr sehen.

Um es kurz zu machen: In meinem unermesslichen Zorn schlug ich ihn tot und liess ihn in einem Hinterhof in Carrara liegen, nahm die halbe Million an mich, flüchtete in die Schweiz zurück und versuchte, dich zu erreichen. Was nun wirklich wie durch ein Wunder auch geschah. Nur noch eins: Papa, warum um Himmels Willen benutzt du nicht ein neues Handy mit einer neuen Nummer? Ach nein, gut so, sonst hätte ich dich ja in diesem Ameisenhaufen nie erreicht."

Streller war durch das Gehörte wie gelähmt und im Moment zu keiner Antwort fähig.
Dann stöhnte er auf: „Oh ich dummer, seniler und alter Narr!" Seine Hände griffen krampfhaft an seinen Bauch, denn es plagten ihn plötzlich wieder höllische Schmerzen.

„Hat dich die Polizei nicht aufgegriffen mit der Leiche dieses sogenannten Rossi?"

„Bis diese die wahre Identität feststellen konnte, war ich vermutlich schon längst in einem Hotel am Zürichsee. Man hat mich auch nie mit ihm zusammen gesehen!"

„Aber deine Nachforschungen bei der Bank und sonst wo?"

„Geschah immer, indem ich den Namen Rossi nicht erwähnte und zudem gefälschte Papiere über den Nachlass deines Erbes an mich vorlegte, natürlich auch unter einem falschen Namen. Ich weiss, der

Teufel liegt im Detail. Aber bis so ein Detail bekannt wird, sind wir hier hoffentlich weg. Übrigens
ist der Name Singapur nie gefallen."

Sie redeten und redeten, bis ihnen vor Müdigkeit
und Erschöpfung die Augen zufielen und beide in
einen unruhigen Schlaf verfielen. Eine Lösung ihrer
Probleme fanden sie nicht. Gab es eine solche überhaupt?

19

Am andern Morgen, besser gesagt am späten Vormittag, sah zwar die Welt nicht anders aus, aber sie erwachten nach quälendem und unruhigem Schlaf doch mit neuen Ideen.

„Hier liegt nicht unsere Zukunft und auch nicht der kurze Rest meines Lebens", konstatierte Markus zu seinem Sohn.

„Wo denn? Willst du zurück in die Schweiz? Hast du deine verrückte Tat von damals eigentlich mal bereut?"

„Jein!" meinte Markus, sehr zerknirscht. „Auf meine bodenlose Enttäuschung, auf den abgrundtiefen Hass, diese schäbige und viel zu späte Ehre, die mich zu dieser Tat förmlich drängte, stellte sich nie eine Befriedigung, eine Genugtuung oder gar ein Triumphgefühl ein. Nur innere Leere, ein Verdrängen des Erlebten, eine fadenscheinige Entschuldigung, die Betroffenen seien selber schuld. Noch mehr, eine gewisse Unruhe und Selbstanklage, dass meine Tat nichts ändert und nichts bewirkt als Abscheu mir gegenüber von der ganzen Öffentlichkeit!"

„Würdest du alles nochmals tun?"

„Kaum mehr in dieser Form!"

„Deine Altersvorsorge und die Pensionsansprüche laufen auf ein gesondertes Konto, das von der Polizei gut überwacht wird. Geld, das dir eigentlich zusteht, das du aber nie bekommst, ausser nach deinem offiziellen Tod die Erben."

„Also du, Heiner! Schlag mich tot, dann hast du es in der Tasche!"

„Nein, zunächst holen wir bei der Bank hier die halbe Million Euro, die ich als ganzen Erlös deiner Wohnung in Carrara dem Halunken Rossi oder wie immer er hiess abgenommen habe. Ich glaube, diesen Batzen wirst du bald mal dringend gebrauchen können."

„Wann verschwinden wir von hier?"

„Von mir aus schon morgen oder übermorgen! Aber wo willst du hin?"

„In die Schweiz, nämlich genau dorthin, wo mich niemand vermutet. Irgendwo in den Bergen, mit Blick auf einen See. Nur werden meine Mittel knapp. Ich glaube aber auch meine Lebenszeit. Die Schmerzen werden immer etwas stärker!"

„Du musst mal dringend zu einem Arzt! Und in den Bergen in irgendeinem Dorf, wo jeder jeden kennt, wo man selbst nahezu die Namen aller Hunde und Katzen weiss, das ist für dich nicht ideal. In einer mittelgrossen Stadt bist du sicherer. Wie wäre es zum Beispiel in Luzern, St. Gallen, Winterthur, Biel und so weiter?"

„Mal überlegen! Als italienischer Staatsbürger könnte es möglich sein, ein halbes Jahr unterzutauchen, bis in der überorganisierten und überreglementierten Schweiz durch irgend einen Zufall oder einen kleinen Fehler meinerseits ein monströses Gerichtsverfahren in Zürich winkt!"

20

Drei Tage später sassen Markus und Heiner, vorsichtshalber auf weit auseinander liegenden Plätzen, angespannt und nervös in einer Maschine der Singapur Airlines auf dem Flug nach Zürich. Gewiss waren unter den Passagieren auch Schweizer, und sie wollten sich nicht schon während des Fluges als solche zu erkennen geben.

Der Flug war bisher bis auf kurze Ausnahmen ruhig. Nun aber begann über der Türkei eine Wackelei ohne Gleichen. Was war denn das? Ein Gewitter, ein Luftloch, oder doch ein Defekt am Flugzeug? Seltsamerweise war aus dem Cockpit nichts zu hören. Markus und Heiner waren beide keine Vielfliegenden. Aber sie gaben sich alle Mühe, ihre Angst nicht anmerken zu lassen. Vielleicht gerade darum sah man in ihren versteinerten Gesichtern umso deutlicher, dass sie Höllenqualen litten.

Endlich meldete sich erst in einem Englisch, das wohl einem Oxford-Studenten die Haare zu Berge stehen lassen würde, und dann darauf in holprigem

Deutsch eine Stewardess: „Meine Damen und Herren, wir haben ein kleines technisches Problem und werden darum in Istanbul kurz zwischenlanden. Es besteht absolut kein Grund zur Besorgnis, und wir werden nach kurzer Zeit mit leichter Verspätung nach Zürich weiterfliegen. Sollte jemand dort einen kurzfristigen Anschlussflug gebucht haben ...“ Das Weitere ging im Motorenlärm und einem halben Dutzend anderer undefinierbarer Geräuschen unter, während die Maschine bereits massiv an Höhe verlor.

„Kein Grund zur Besorgnis?“, flüsterte Heiner in Schweizerdeutsch vor sich hin, und sein Sitznachbar, auch ein Schweizer, meinte prompt: „Das ist meistens schon ein Grund!“

Und Markus durchzuckte der Gedanke: „Was ist wohl angenehmer, hier abzustürzen oder langsam an einer unheilbaren Krankheit zu krepieren?“

„Wir werden in etwa zehn Minuten in Istanbul landen. Sicherheitshalber bitten wir Sie, den Anweisungen des Flugpersonals Folge zu leisten“, krächzte die Stimme aus dem Cockpit. Tönte diese nicht trotz dem Gekrächze des Lautsprechers etwas besorgt? Die zehn Minuten dehnten sich zu einer kleinen Ewigkeit, zumal dies kein Landeanflug im üblichen Sinn war, sondern eher ein Tanz zwischen Leben und Tod. Ein Gerumpel und Gekreische sondergleichen liess die Leute zusammenzucken. Dabei waren diese Geräusche auch positiv zu sehen, denn das Fahrwerk liess sich ausfahren. Irgendwann stand dann der grosse Vogel ganz am Ende einer Piste, weit weg vom Terminal, und Feuerwehr- sowie Rettungsfahrzeuge kamen dahergebraust.

Den Passagieren wurde lediglich gesagt, mit ihrem Handgepäck die Maschine schnell zu verlassen und in ankommende Busse zu steigen sowie den Anweisungen des Bodenpersonals Folge zu leisten. Was da wirklich los war, von dem sprach weder jetzt noch später ein Mensch, und auf alle Fragen erhielt man zur Antwort nur ein Achselzucken.

„Verfluchte Schweinerei", meinten etliche der Passagiere, nachdem die Angst verflogen war. „Keine Information, was da wirklich los war!" „Ist vielleicht auch besser so, sonst steigen wir nicht mehr ein!", erwiderten andere.

Die Passagiere konnten auch nicht mehr wieder an Bord zurück, sondern wurden nervenaufreibend langsam in andere Maschinen umgebucht. Etliche mussten auch in irgendeinem Hotel in der Nähe übernachten und hatten erst anderntags eine Möglichkeit zur Weiterreise. Wenigstens erhielt jeder nach einer halben Ewigkeit sein Gepäck.

Auch Markus und Heiner zählten zu denen, die eine Nacht in Istanbul totschlagen mussten, obschon sie von dieser Riesenstadt und ihren Sehenswürdigkeiten nichts, aber auch gar nichts sahen. Nur aus einem kleinen Guckloch, Fenster konnte man dies in ihren schäbigen Zimmern nicht nennen, starrten sie auf eine etwa drei Meter entfernte Mauer eines trostlosen anderen Gebäudes.

„Man sieht und merkt, dass wir nur Eco-Passagiere sind, auch an unserer feudalen Unterkunft", bemerkte Heiner, währenddessen Markus wieder einmal starke Schmerzen im Bauch folterten.

„Wenigstens haben wir unser Gepäck und einen bestätigten Weiterflug mit Swiss morgen nach Zürich", wollte Heiner seinen geplagten Vater trösten. Dieser meinte nach einem etwas undefinierbaren Abendessen, dem er wegen seiner Magenprobleme aber nicht zusprach: „Swiss ja, gut und schön, aber ich würde lieber mit einer anderen Compagnie fliegen. Man weiss nie, ob man sich durch irgendetwas verrät."

„Dafür wartet aber auch kaum eine Polizeikontrolle schon am Fingerdock auf die Passagiere!"

„Heiner, meine Schmerzen nehmen abscheulich zu. Ich weiss nicht, was in nächster Zeit passiert. Aber bevor ich hier doch noch notfallmässig in eine Klinik muss, nimm sicherheitshalber vorübergehend hier meinen Pass und mein Bargeld zu dir. Sobald wir an Bord sind, kannst du mir alles wieder zurückgeben. Ich traue hier besser niemandem!"

Besorgt nickte Heiner und steckte Pass und Geld ein. Es war kein Riesenbetrag mehr, aber mit diesen Dollars konnte man wirklich gut nach Hause und von dort in eine mittlere Stadt als neuen Aufenthaltsort kommen.

„Hoffentlich steht mein Vater das alles durch!", kam es wie ein Gebet oder Stossseufzer aus Heiners Innerem. Er hatte bisher in seinem Leben wahrlich selten gebetet.

21

Mitten in der Nacht weckte sie ein Krach und Lärm aus dem endlich gefundenen Schlaf.

„Was ist denn hier los? Wir sind doch in diesem Teil Istanbuls immerhin schon in Europa",

knurrte Heiner noch schlaftrunken, als er ins Zimmer seines Vaters geschlurft war.

„Aber doch noch in der Türkei", erwiderte Markus, der kaum geschlafen hatte.

Die Polizei veranstaltete eine Grossrazzia wegen Verdachts auf Rauschgiftschmuggel. Je weniger sie fand, umso aggressiver wurde ihr Auftreten und Verhalten. Ausgerechnet im Handgepäck von Markus Streller wurde sie fündig. In einem Plastikbeutel steckten rund 200 Gramm Heroin. Dies konnte ihm unmöglich in Singapur zugesteckt worden sein, sondern vermutlich im Wirrwarr am Flughafen in Istanbul. Alle Beteuerungen, alles Fluchen, alles Bitten nützte nichts, weder in Deutsch, Italienisch noch Englisch.

Sehr ruppig und sogar brutal wurde der vermeintliche Drogenkurier oder Drogenhändler Marco Strella in einem Polizeiwagen in Untersuchungshaft geführt. Der anfängliche leise Trost, sich im europäischen Teil der Stadt zu befinden, verflog sehr bald. Von den geschätzten acht bis zehn Millionen Einwohnern dieser Megastadt leben schätzungsweise gut sechs Millionen im sogenannten europäischen Teil. Dass da Welten aufeinanderprallen, ist nur logisch. Heiner wurde verwehrt, mitzugehen. Als Sohn wollte er sich nicht ausgeben, sondern als enger Freund.

Dieser „enge Freund" wurde von den bärbeissigen Beamten noch so ausgelegt, dass die beiden als Schwule angesehen und schon dafür verachtet wurden. „Sie können mal versuchen, ihren sauberen ‚Freund' in der Untersuchungshaft zu besuchen. Am besten aber ist, Sie reisen sofort heim, damit Sie nicht auch noch in die ganze dreckige Angelegenheit hineingezogen werden!" Dann klappte die Türe zum Polizeiwagen zu.

„Aber ich bin sein Sohn", stöhnte Heiner nun doch auf, und hätte sich am liebsten sofort auf die Zunge gebissen. Das könnte ja neue und grosse Schwierigkeiten geben. Aber die Beamten meinten nur höhnisch grinsend: „Sohn oder Geliebter, Bruder oder Onkel, das bleibt sich gleich bei einem Lumpenpack wie euch!"

Verzweifelt schlich sich Heiner in sein Hotelzimmer, das in seinen Dimensionen eher einem sehr unordentlichen kleinen Kleiderschrank als einem Zimmer glich, zurück. „Ich bleibe hier, bis mein Vater freikommt, aber nicht in diesem Haus. Allerdings reichen meine finanziellen Mittel nicht aus, um längere Zeit in einem guten oder sehr guten Hotel zu bleiben. Ich muss mich zuerst erkundigen, in welches Gefängnis diese Idioten meinen Vater stecken. In dieser Riesenstadt ist dies nur möglich, indem ich den offiziellen und damit langwierigen bürokratischen Weg nehme, oder aber mit Schmieren und Salben einen versierten und gescheiten Ganoven anheure. Aber wie, wer und wo?"

Der Kerl, ein junger Türke, der im Flughafen Streller das Päckchen zusteckte für seinen Abnehmer in Zürich, fürchtete vermutlich um seine Gesundheit oder gar um sein Leben und suchte Heiner im Hotel auf.

„Wenn der Mann morgen nicht in Zürich auftaucht, verdächtigt man ihn oder mich, den Stoff selbst verhökert zu haben. Das kann für mich tödlich sein, denn in diesem Geschäft gelten grausame Spielregeln. Wer ist der Mann, der abgeführt wurde? Sie müssen ihn näher kennen, denn ihr habt miteinander am Airport und im Hotel gesprochen. Wir müssen versuchen, ihn rauszukriegen!", faselte er in relativ gutem Deutsch, sagte aber natürlich kein Wort, dass er den Plastikbeutel zugesteckt hatte, sondern dass er etwas derartiges gesehen habe.

„Dreckskerl, aber wo ist er, und wie willst du das anstellen?", zischte Heiner wütend. „Woher sprichst du so gut Deutsch?"

„Ich war etliche Jahre in der Schweiz, und ich kenne hier einige Polizisten, die gerne ein schönes Bakschisch einstecken. Hast du Geld, damit verschlossene Türen aufgehen?"

„Wenig!"

„Dann allerdings wird es schwierig oder gar unmöglich. Lass uns einen Kaffee trinken und über die Sache reden. Vielleicht finden wir eine Möglichkeit, den Mann doch herauszuhauen. Die Polizei, die hier auftrat, ist nur zweite oder dritte Garnitur. Sie haben ja nicht einmal das Zimmer durchsucht, in dem der Verhaftete vermutlich geschlafen hat. Vielleicht liegen dort noch verschiedene Utensilien oder gar Geld?"

Heiner dachte, aber sagte nichts: „Vielleicht ist dieser Kerl auch nur zweite oder dritte Garnitur. Aber habe ich eine andere Wahl, als mich mit diesem Lump einzulassen? Die Welt ist voller Halunken und Gauner. Inzwischen zähle ich ja auch dazu, denn ich habe einen Mann erschlagen!"

22

Marco Strella wurde gar nicht erst in eine Polizeistation oder in Untersuchungshaft gekarrt, sondern wortlos direkt in die Zelle eines Gefängnisses gesperrt. Die Schmerzen plagten ihn, aber niemand hörte auf sein Klagen. Niemand verstand ihn oder wollte ihn verstehen. Sollte er hier in diesem schmutzigen und dunklen Loch von zwei auf drei Meter krepieren oder vermodern? Nackte Angst und Verzweiflung legte sich auf ihn wie ein Leichentuch.

„So habe ich mir mein Ende nicht vorgestellt! Ist das eine Art Strafe für meine Rache in Zürich? Gott, wenn es dich gibt, so hol mich hier raus!"

Heiner klaubte fast sein ganzes Geld zusammen. Von Vaters Geld wollte er nichts anrühren, und meinte dann zu Izmir, so nannte sich der Türke, der seinen Vater befreien wollte: „Zweitausend amerikanische Dollar, mehr habe ich nicht!"

„Gut, ich versuche es. Aber sag mal, wie stehst du zum verhafteten Mann? Irgendwie ist eine gewisse

Ähnlichkeit festzustellen. Wie seid ihr verwandt? Du bist Schweizer und er Italiener. Aber das ist in der heutigen globalisierten Welt nichts Aussergewöhnliches!"

„Wir sind tatsächlich verwandt. Aber wie, das bleibt mein Geheimnis!"

„Kaum! Wenn die Gerichtsverhandlung erst mal alles ans Licht bringt, wird auch dein Geheimnis gelüftet werden. Aber vielleicht holen wir deinen Verwandten ja zuvor raus. Allerdings müsstet ihr dann eure Weiterreise anders planen. Flughäfen und Bahnhöfe sowie Schiffe werden besonders nach einem Ausbruch aus dem Gefängnis streng überwacht! Am besten sind Schleichwege nach Bulgarien. Dort wäret ihr ja schon in der EU!"

Izmir wusste bereits, in welchem Gefängnis Strella eingelocht war, hütete sich aber, jetzt schon sein Pulver zu verschiessen. Der dortige Oberaufseher war zwar nicht sein Freund, aber geldgierig und hatte von anderen Missionen und Aktionen her Dreck am Stecken. Dieses Wissen war für Izmir ein Vorteil, aber auch eine latente Gefahr. Unbequeme Mitwisser werden oft beseitigt wie Müll, der stört.

Morgen war in jenem Gefängnis, und somit auch in dem Loch, in dem der Verhaftete steckte, eine sogenannte ruhige Nacht. Die Gefängnisleitung war zu einer Party eingeladen, und der Oberaufseher war für diese Zeit die höchste Instanz. Strellas Zelle lag für einen Ausbruch günstig, denn gleich hinter seinem kleinen und muffigen Raum befand sich eine alte Tür, von der die Wenigsten wussten. Ein paar Tropfen Öl konnten dieser nichts schaden. Und die Mauer dort war immer noch nicht durch eine Kamera überwacht. Ebenso waren in diesem alten Trakt noch keine montiert. Auch wenn der Alte ständig über Schmerzen klagte, würde man ihn schon irgendwie über oder durch diesen löchrigen Wall bringen.

Dort wartete dann ein alter Wagen mit gefälschtem bulgarischen Kennzeichen. Von den zweitausend Dollar wollte Izmir etwa tausendfünfhundert für sich abzweigen und den Rest dem Oberaufseher zukommen lassen. Irgendein schlampiger Wärter hatte dann offenbar die Türe der Zelle nicht richtig abgeschlossen, wurde vielleicht gefeuert und sogar mit der Bastonade bestraft. Was soll's? Es geschieht halt viel Ungerechtes auf dieser Welt!

Heiner wartete in der nächsten Nacht, zitternd vor Sorge und Ungeduld, in einem mit Unkraut überwucherten Stückchen Land jenseits der Mauer. Fünfhundert Dollar musste er schon im Voraus abliefern; sonst lief gar nichts. „Was, wenn mich diese Hunde betrügen und gar nichts geschieht? Aber ich habe keine Wahl!", dachte er verbittert.

Da, nach ewig langem Warten, kam sein Vater angekrochen. Heiner erschrak, denn er sah aus wie ein Gespenst. Wirres Haar, ein Dreitagebart, verschmutzt, die Augen trüb und stumpf, vermutlich auch noch mehr abgemagert, kroch er durch das Gestrüpp und Unkraut. Als er Heiner erblickte, flackerte doch ein Leuchten in seinen Augen auf, und stockend und leise murmelte er: „Heiner, du? Es gibt also wohl doch einen Gott!"

„Komm, Vater, wir müssen so schnell wie möglich hier weg und raus aus der Türkei!" Im Stillen grollte er: „Was hat denn Gott damit zu tun? Es sind wie immer und überall die grünen amerikanischen Scheine!"

„Diese Schinder merken wohl erst am Morgen, dass ich weg bin. Zweimal am Tag öffnet sich eine schmale Luke, in der sie den Frass und stinkiges Wasser hinein schieben. Das ist alles. Ich wollte in meiner Verzweiflung den italienischen Botschafter sprechen, obwohl dies für mich auch gefährlich gewesen wäre. Meinen Schweizer Pass hatte ich zum Glück gar nicht bei mir. Wortlos nahmen sie meine Forderung entgegen und vergassen diese gewiss in den nächsten zwei Minuten wieder. Aber wo ist mein Gepäck? Diese Schinder haben mir alles abgenommen!"

„Nicht sprechen, Vater! Das schwächt dich nur noch mehr. Alles später! Wir müssen uns nach Bulgarien absetzen und von dort nach Hause fliegen! Dein Gepäck ist schon gegen ein Bakschisch im Fluchtauto, wenigstens das, was inzwischen nicht schon gestohlen wurde."

„Ob wir je in Bulgarien ankommen?"

„Gewiss! Es ist alles vorbereitet!"

Eigentlich war nichts vorbereitet als die alte Karre mit bulgarischen Kennzeichen. Ob diese aber überhaupt so weit fahren würde und ob die Wagenpapiere vorhanden waren?

23

Mit eisernem Willen und aufeinandergebissenen Zähnen schaffte es Markus Streller trotz seinen Schmerzen und seiner Schwäche mit Hilfe von Heiner und Izmir mühsam zum nahe stehenden Wagen. Schliesslich schlichen sie auf Seitenstrassen aus Istanbul hinaus. Ein schier endloses Unterfangen.

Dann wollten sie am Morgen endlich etwas Anständiges in den Magen bekommen und bestellten in einem kleinen Restaurant an der Strasse ein Frühstück. Markus brachte nur ein Glas Ziegenmilch hinunter, das ihm aber anscheinend gut tat. Bis im Frühfernsehen die Kurzmeldung kam, in einem Istanbuler Gefängnis sei ein Rauschgifthändler ausgebrochen. Zum Glück zeigte der Sender kein Foto. Vermutlich hatte die Polizei auch keines. Verwunderlich war nur, dass diese Meldung überhaupt gesendet wurde. Es war halt sonst nicht viel los in der vergangenen Nacht, und mit irgendetwas musste man die Sendezeit füllen.

So drängten alle auf Weiterfahrt und steckten sich noch ein paar knusprige Scheiben türkischen Brotes in die Taschen. Ihr Ziel war Burgas in Bulgarien, am Schwarzen Meer gelegen, um von dort mit einer Maschine nach Österreich oder gar in die Schweiz zu fliegen. Aber für sie lag das noch so weit weg wie die Rückseite des Mondes.

Kam ihnen auf dem Weg ab und zu ein Polizeiauto entgegen, hielten alle den Atem an.

An der Grenze war überraschend viel los, so dass die Kontrollen flüchtiger waren als üblich. Offenbar war auch der Flüchtling aus dem Gefängnis in Istanbul dort kein Thema. Welcher Italiener flüchtet schon nach Bulgarien? Ein solcher hastet doch nach Griechenland und von dort zum Stiefel hinüber, mit Schiff oder Flugzeug.

Oder aber die Behörden in der Türkei waren gar nicht unglücklich, den Kerl los zu sein. Ein Prozess und ein Gerichtsverfahren mit diesem alten und scheinbar kranken Mann könnte ja auch viel Umtrieb bringen. Jedenfalls erhielt der TV-Sender, der über den Ausbruch kurz berichtete, einen Verweis wegen unerlaubter Berichterstattung, sogenannte Pressefreiheit hin oder her.

Die drei kamen nach vielen Stunden mühseliger Fahrt ungeschoren in Bulgarien an und küssten dort fast wie der frühere Papst den Boden. Gewiss halfen die bulgarischen Kennzeichen des Wagens einerseits, zum andern auch die Tatsache, dass etwa zehn Prozent der Bevölkerung in Bulgarien, also nahezu eine Million Menschen, türkischer Abstammung sind, für einen ziemlich reibungslosen Grenzübergang. Besuche und Gegenbesuche von Verwandten und Bekannten waren hier wohl an der Tagesordnung.

Die Weiterfahrt nach Burgas war mit dieser alten Kiste zwar immer noch abenteuerlich. Aber sie gelang. Dort bezogen Markus und Heiner eine zwar billige Unterkunft, die aber gleichwohl den Ausländern, mit denen man sich kaum verständigen konnte oder wollte, zum dreifachen Preis angeboten worden war. Izmir verabschiedete sich, nachdem er die restlichen Dollars eingesteckt hatte, ziemlich einsilbig. Er schalt sich einen Idioten, diesen Ausländern für 2000 Dollar geholfen zu haben, denn der Stoff war sowieso verloren. Dieser lag bei der Polizei und wurde dort vernichtet, oder was auch eine Möglichkeit war, weiter „verkauft". Und er musste untertauchen und flüchten vor dem Mann in Zürich, der ihn gewiss bestrafen wollte.

Wenn Heiner erst gewusst hätte, dass dieser Izmir selbst den Stoff seinem Vater am Flughafen in Istanbul blitzschnell ins Handgepäck geschoben hatte, so hätte er vielleicht jetzt einen zweiten Toten auf dem Gewissen.

24

Burgas ist eine nette Stadt, umgeben von drei Seen und am Schwarzen Meer gelegen. Eigentlich wimmelt es hier von Touristen, aber es war noch nicht Saison. Die meisten Flüge waren Chartermaschinen, aber jetzt flogen diese selten. Und Linienflüge nach Sofia waren meist lange im Voraus ausgebucht. Nach Istanbul zählte man nur 350 Kilometer, nach der Hauptstadt Sofia 385. Warum also tagelang warten, wenn man per Autostopp oder mit einem Mietwagen in einem guten Tag dort eintreffen konnte?

Schliesslich setzten Markus und Heiner die Reise mit einem sonst gelangweilten Lastwagenfahrer fort, der sogar ein paar Brocken Deutsch sprach. Sie lernten ihn in einer billigen Kneipe, die wohl oft von Fernfahrern benutzt wurde, kennen. Er transportierte Schweinefleisch nach Sofia, und Heiner und auch der geschwächte Markus glaubten, den Geruch von Gammelfleisch nie mehr loszuwerden. Offenbar waren die Kühlaggregate des Transporters kaputt.

Sie kamen aber immerhin mit jeder Stunde der Hauptstadt näher.

In der Gegend der Stadt Stara Sagora, auf halbem Weg nach Sofia, wurden Sie von einem Trupp junger und ungepflegt aussehender Männer aufgehalten, die ihre Schiessprügel auf sie und den Wagen richteten. Diese drängten sie in einen Seitenweg, auf dem wohl nur ein oder zweimal am Tag jemand vorbeikam. Ein wilder Wortwechsel begann, von dem natürlich weder Heiner noch Markus etwas verstanden. Offenbar aber ging es um die Ladung Schweinefleisch.

Die Jungs schafften die Schweinehälften aus dem Laster, schmissen diese auf einen Haufen, übergossen alles mit einer Flüssigkeit, Benzin oder etwas ähnlichem, und zündeten es an. Was zuvor schon stank, roch jetzt bestialisch. Trotzdem tanzten die Kerle um den scheusslich und grauenhaft stinkenden Haufen herum und lachten und grölten wie Betrunkene vor Freude.

Später, als der leere Camion weiterfuhr, erklärte ihnen der Fahrer wutentbrannt, diese Bande habe ihm erklärt, er solle nie mehr Schweinefleisch von Burgas nach Sofia transportieren und verkaufen. Es würde sonst jedem Transport so, wenn nicht schlimmer ergehen. Schliesslich gäbe es hier in der Gegend auch viele Bauern, die ihre Schweine nach

Sofia auf den Markt bringen wollten, die durch die Konkurrenz aus dem entfernten Burgas an dem Rand des Ruins getrieben würden. Zur Polizei zu gehen bringe nichts. Diese stehe auf der Seite der Bande. Er solle die Schweine in Burgas doch den Touristen verfüttern.

„Und, was machst du jetzt?", fragte Heiner den Fahrer. „Weitermachen und künftig auf einer anderen Route fahren! Zuerst aber muss ich in Sofia Bericht geben. Vielleicht lässt sich denen doch das Handwerk legen. Ich bezweifle dies allerdings. Ihr seht, die EU ist offiziell nun auch bei uns angekommen. Aber praktisch funktioniert hier noch wenig bis nichts!"

„Hast du kein Handy, um in Sofia anzurufen?"

„Der Akku ist leer! Hast du eins?" Heiner hütete sich, ihm seines zu geben und verneinte. Sie wollten doch unbedingt so schnell wie möglich nach Sofia. Sein Vater litt und wurde immer bleicher und stiller. Er sah dies trotz seinem inzwischen gewachsenen kurzen Bart, der einen grossen Teil der fahlen Haut verdeckte und das eingefallene Gesicht etwas kaschierte.

Sie durchquerten später einen ziemlich grossen Teil der bulgarischen Hauptstadt, die aber Heiner eher etwas enttäuschte. Für ihn war, was er bis jetzt gesehen hatte, die kurz nach 1900 von den Russen erbaute Alexander-Newski-Kathedrale das imposanteste Bauwerk. Markus träumte sowieso nur vor sich hin. Und ihr Fahrer fluchte die halbe Zeit: „Diesen Drecksalltag, den wir hier erleben, sollten die Sesselfurzer in Brüssel mal erleben! Vielleicht käme dann auch ein wenig mehr Druck auf unsere Regierung und Verwaltungen. Dort bleibt sowieso ein Grossteil der Fördergelder hängen!"

Endlich hatte der Schimpfende den Grossmarkt erreicht und musste seinen zwei Begleitern nun den Weg zum Flughafen beschreiben und sich verabschieden. „Am besten nehmt ihr ein Taxi, aber macht zuvor den Preis aus, in Euro oder Dollar, sonst werdet ihr als Ausländer grausam übers Ohr gehauen. Also, bis später, im Himmel oder in der Hölle!"

„Einen Vorgeschmack der Hölle erleben wir ja schon hier auf unserer Heimreise", dachte Heiner, und bedankte sich herzlich beim um den Verdienst und vielleicht auch um die Anstellung gebrachten Fahrer. Trotzdem beide knapp an Geldmitteln wurden, schenkte er ihm noch fünfzig Dollar. „Vermutlich ist dies ein Wochenlohn oder noch mehr", meinte er zum Vater, der aber kaum etwas mitbekam in seinem Dämmerzustand.

„Vielleicht kann man hier in Sofia via einer Bank vom geretteten Geld des schäbigen Erlöses der Wohnung in Carrara von der Raiffeisen-Bank in der Schweiz, wohin es von Singapur aus transferiert worden ist, etwas abheben. Obschon das ein Risiko ist, bleibt uns kaum etwas andere übrig. Meinem Vater können sie vermutlich nach der Rückkehr in die Schweiz keinen grossen Prozess mehr anhängen, denn ich sehe von Tag zu Tag eine rapide Verschlechterung seines Zustandes."

Ziemlich kraft- und mutlos zockelten Sie zu einem Taxistandplatz. Heiner fand nach einiger Zeit einen Taxifahrer, der ein paar Worte Deutsch sprach und verhandelte nicht mehr lange. Er zückte einen Zwanzig-Dollar-Schein und meinte in etwa vier Sprachen „Flughafen"? Der Mann bejahte, nachdem er schnell und verstohlen zu seinen Kollegen aber auch Konkurrenten blickte, die aber alle dösten oder in einer Zeitung blätterten. Schliesslich nickte er und wollte den Schein einstecken. „Nein, erst am Flughafen!", meinte Heiner. Achselzuckend liess er die beiden einsteigen und fuhr holpernd los.

Dort erwartete sie eine neue und riesige Enttäuschung, die sich über ihr Gemüt wie ein tropischer Platzregen stürzte. Die Bulgaria Air fliegt nicht täglich nach Zürich, sondern nur dreimal die Woche. Die nächsten freien Plätze waren erst in fünf Tagen zu haben. „Wenn es so eilt, nehmen Sie doch die

Eisenbahn nach Wien, und von dort einen der täglichen Flüge nach Zürich, oder geniessen Sie inzwischen unsere schöne Stadt und unsere Gastfreundschaft", faselte eine nette Dame im Schalter der Fluggesellschaft, die sie aber wortlos stehen liessen.

„Eine Eisenbahnfahrt von zehn oder zwanzig Stunden kann ich dir nicht zumuten, Vater!
Und andere Fluglinien bedeuten wieder umsteigen auf Flughäfen in Wien, Frankfurt oder Prag. Viel zu anstrengend und unverantwortlich! Wir buchen unseren Flug, warten hier die fünf Tage ab, und gehen jetzt zunächst in eine Apotheke und kaufen Schmerzmittel", meinte Heiner und bestellte dann doch zwei Tickets für den nächsten Samstag.

In der Apotheke gab man ihnen die stärksten Schmerztabletten, die ohne Arztrezept abgegeben werden konnten und empfahl ihnen das sofortige Aufsuchen eines Arztes oder der Notfallstation eines Krankenhauses.

Heiner musste schliesslich handeln und fragte nach einem Spital. Dort, in einer einigermassen vertrauenswürdigen Klinik war die erste Frage nach der Krankenkasse, die die Kosten übernimmt. „Hören Sie, mein Freund und ich komme aus Fernostasien und bin in keiner Kasse, die die Unkosten hier übernimmt. Wir bezahlen einen Untersuch selbst. Wir wollen lediglich wissen, woher die unerträglichen Schmerzen kommen!"

„Aber in Italien und der Schweiz sind doch Krankenversicherungen obligatorisch, oder nicht?"

„Wir waren schon längere Zeit nicht mehr dort, und unsere Prämienzahlungen haben wir bis auf weiteres ausgesetzt. Wie viel kostet ein Untersuch?"

„Das können wir Ihnen erst sagen, wenn dieser abgeschlossen ist", bemerkte ein relativ gut deutsch sprechender Arzt, der einige Jahre in einem deutschen Krankenhaus in Frankfurt gearbeitet hatte, etwas pikiert und giftig. Erbringen Sie erst mal eine Anzahlung!"

„Wie gross? Wir haben einige Euro und Dollar!"

„Sagen wir mal fürs Erste eintausend Euro!"

„Überall Halsabschneider", dachte sich Heiner. Markus bekam von der ganzen Unterredung kaum etwas mit, ausser den tausend Euro, und dachte ähnlich wie Heiner.

25

„Diese Italiener scheinen auch nicht die saubersten Leute zu sein", meinten der Röntgenarzt und andere Helfer in der Notfallstation, denn Markus stank einfach undefinierbar nach tausend Wohlgerüchen Arabiens. Die Schmerzinjektion wirkte und benebelte ihn, so dass er in einer Art Halbnarkose schweizerdeutsche und italienische sowie sogar einige englische Brocken von sich gab.

„Und ein rassenreiner Italiener ist der Kerl auch nicht!", konstatierte ein anderer Mediziner.
Ultraschall, Blutwerte und weitere Untersuchen sowie eine Knochenmarkpunktion ergaben, dass dieser Strella ein ziemlich grosses Karzinom im Magen und wenn nicht alles täuschte, sogar Metastasen im Dickdarm aufwies. Diagnose: Sofortige Operation, die aber tödlich verlaufen könnte.

„Jede OP kann tödlich verlaufen", meinte der deutsch sprechende Arzt. „Aber wer bezahlt diesen Eingriff und die Hospitalisierung? Wir geben ihm stärkste Schmerzmittel und lassen ihn am Samstag in die Schweiz fliegen, in der Hoffnung, dass er dies noch überlebt. Ganz nach dem hypokratischen Eid, den wir abgelegt haben", meinte er etwas zynisch. „Stellt euch nur den Papierkrieg, die Fragerei, die Überführung der Leiche in einem Zinksarg vor, die sein Tod auf unserem OP-Tisch bringen würde!"

Stundenlang wartete Heiner draussen auf Bericht und rauchte in dieser Zeit nahezu ein Päckchen höllisch starker bulgarischer Zigaretten. Endlich tauchte der deutsch sprechende Arzt auf und meinte, ziemlich kurz angebunden: „Ihr alter Freund", und diese Worte tönten etwas spöttisch, „leidet an Krebs! Wir haben im Magen ein Geschwür gefunden. Vermutlich sind auch bereits anderswo Ableger vorhanden. Wir geben Ihnen starke Schmerzmittel mit und empfehlen, in der Schweiz sofort in eine Klinik zu gehen. Bleiben Sie bis zum Abflug im Hotel?"

„Wir suchen noch eins! Wie lange geben Sie meinem Freund noch Überlebenszeit?",
fragte Heiner mit zittriger Stimme.

„Das weiss Gott allein! Einen Monat, zwei oder drei? Genaueres weiss man erst nach einer Operation! Sie können den Mann heute Abend hier abholen, die Rechnung bezahlen und inzwischen ein gutes Hotel suchen. Man wird Ihnen an unserem Empfang dabei bestimmt behilflich sein!"

Im Stillen dachte der Arzt: „Hoffentlich haut der Kerl nicht ab und lässt uns hier mit dem Todkranken allein. Und sicherheitshalber laut zu Heiner: „Bitte rufen Sie uns aus dem Hotel an, damit wir Ihren Freund auch dorthin überführen können! Dann können wir alles erledigen, und Sie erhalten auch einen schriftlichen Befund für das Schweizer Krankenhaus!"

„Überall geldgierig, auch im Angesicht des Todes", dachte Heiner. „Aber ist es bei uns zu Hause anders? Kaum, nur vielleicht etwas verbrämter und diplomatischer!"

26

Heiner ergatterte im ziemlich neuen Fünf-Sterne-Hotel Holiday Inn Sofia, ganz in der Nähe des Flughafens und zu vernünftigen Preisen, wohl weil die Touristen-Saison noch nicht so richtig begonnen hatte, zwei Zimmer mit Verbindungstür. Er erklärte, sein Reisepartner sei ein wenig erkrankt, und er wolle doch oft mal kurz nachschauen, was zwar mit einigem Stirnrunzeln an der Rezeption registriert wurde, aber wo hilft nicht ein saftiges Trinkgeld über alle Bedenken hinweg?

Als dann am Abend „sein Reisepartner" noch mit einem Ambulanzwagen vorgefahren wurde, entstand ein noch grösseres Stirnrunzeln beim Hotelpersonal. Doch verhielt sich Markus, durch starke Medikamente soweit ruhig gestellt, so, dass er langsam und unauffällig auf sein Zimmer schleichen konnte, aber dort gleich wieder ins Bett fiel.

Er fragte stockend seinen Sohn: „Was haben nun die Weissgewandeten herausgefunden? Wie lange habe ich noch zu leben? Kommen wir noch in unsere liebe und zugleich verfluchte Schweiz und sehe ich noch einmal das von mir gehasste und doch geliebte Zürich?"

„Vater, alles später! Aber eines ist sicher: Du musst zu Hause sofort in ein Spital und vermutlich zu einer Operation. Und jetzt versuch' weiterzuschlafen!"

„Zu Hause? Wo ist mein zu Hause?", murmelte Markus und schlief dann bereits wieder, angekleidet wie er war, ein.

„Ja, wirklich, wo ist der Mensch zu Hause", fragte sich auch Heiner. „Geht es im Leben doch nicht ohne Religiosität, als Trost oder Sinn des Seins? Man sollte sich mal etwas mehr Zeit nehmen, darüber nachzudenken!"

Aber genau das ist das Problem. Beginnt man damit, so wird man durch irgendwelche Einflüsse wieder losgerissen. Das Telefon klingelte, denn der Fahrer des Ambulanzwagens hatte wohl endlich die Zimmernummer von Streller erhalten, wollte die Rechnung bringen und beglichen haben sowie den Krankenbericht abliefern. Heiner bar ihn, in der Bar zu warten, er käme in fünf Minuten.

Die Rechnung war vermutlich sogar für Schweizer Begriffe gesalzen. Aber für Rumänen geradezu astronomisch. Heiner beglich alles mit seinen fast letzten Geldmitteln, ohne ein Wort des Dankes und auch ohne ein Wort der Kritik. „Was kann schon der Fahrer des Krankenwagens dafür oder dagegen tun", sagte er sich. Alles wurde durch Unterschriften besiegelt.

Die Tage bis Samstag verliefen endlos. Es war zum Verrücktwerden. Der Name der Stadt Sofia brannte sich in Heiners Gehirn , wie wohl kaum eine andere auf der Welt, obschon er davon wenig sah. Markus dämmerte meist vor sich hin, ass praktisch nichts und magerte weiter ab. Alles, was zunahm, war sein verfilzter Bart. Wunderbarerweise klappte eine Geldüberweisung aus der Schweiz, so dass der Sohn die Hotelkosten begleichen konnte.

„Aber wie bringe ich den Vater in das verdammte Flugzeug? Und wie geht es in Zürich weiter, mit einem Mann, der seine Krankenkassenprämien für zwei Jahre oder länger nicht mehr bezahlt hat? Im schlimmsten Fall gibt es doch noch so etwas wie ein Sozialamt oder dann die Heilsarmee!"

27

Nach Ewigkeiten war der Samstag da. Heiner verabreichte dem Vater extra in der von ihm durchwachten Nacht erstmals keine Schmerztabletten mehr, die vermutlich doch höllisch stark sein mussten. Denn er stöhnte jetzt fast ununterbrochen leise vor sich hin, war aber, und das musste wohl oder übel sein, einigermassen wach.

„Vater, jetzt sei stark wie nie zuvor in deinem Leben. Wir fliegen heute nach Zürich!"

Er musste dem Taxifahrer ein grosses Trinkgeld geben, damit dieser mit scheelem Blick den kranken Mann mitnahm. Wie beide schliesslich durch alle Wege und Kontrollen am Flughafen kamen, sich über Treppen quälten und völlig erschöpft in den Flugzeugsitz fielen, daran erinnerte sich Heiner vor lauter Aufregung nicht mehr genau. Nur noch an eine kurze Diskussion mit einer Stewardess, vermutlich wegen der deutschen Sprache von der Swiss eingesetzt auf diesem sogenannten Code-Share-Flug, die meinte:

„Ist ihr Begleiter sehr krank? Wollen Sie nicht lieber zuvor hier zu einem Arzt?"

„Waren wir! Nein, wir wollen heim. Der Arzt hat den kurzen Flug nach Zürich erlaubt. So schwer ist der Herr nicht erkrankt, dass er den Flug nicht wagen könnte!"

„Auf Ihre Verantwortung! Ein Glas Wasser?"

„Gerne", riss sich Heiner zusammen, um freundlich zu bleiben.

Die Stewardess blieb aber sehr skeptisch und blickte alle Momente wieder zu diesen für sie zwei komischen Passagieren. „Ein Italiener und ein Schweizer, und doch, wenn sie mal ein paar Worte wechseln, in Schweizerdeutsch. Na gut, es gab und gibt ja auch viele Italiener in der Schweiz!", versuchte sie sich selbst zu beruhigen.

Zu allem Überfluss gab es wie meistens und überall noch eine knappe Stunde Verspätung, während der Markus zum Glück wieder etwas dämmerte und vor allem nicht vor Schmerz stöhnte.

Endlich in der Luft wurde ein lieblos serviertes, kaltes kleines Essen serviert, dem aber auch Heiner nicht zusprach. Hingegen dem Wein so oft, dass die Stewardess noch eigentümlicher blickte.

Während des Landeanfluges in Zürich merkte Heiner, dass sein Vater plötzlich bewusstlos im engen Sessel zusammengesackt war. Es blieb ihm nichts anderes übrig, als mit der deutschsprachigen Flugbegleiterin so freundlich wie möglich zu sprechen und sie zu bitten, ob nicht der Pilot via Tower einen Krankenwagen anfordern könne. Sein Begleiter sei vermutlich ohnmächtig geworden.
„Der Arzt in Sofia war offenbar doch ein Trottel!"

„Und du auch!", dachte sie und ging wütend über soviel Risiko und Unverfrorenheit ins Cockpit, um mit dem Kapitän zu sprechen.

28

Kaum waren die Passagiere ausgestiegen, stürmten in Zürich die Flughafensanitäter ins Flugzeug und schnallten den bewusstlosen Markus Streller gekonnt in einen tragbaren Rollstuhl, setzten ihm eine Sauerstoffmaske auf und brachten ihn in den bereitstehenden Krankenwagen.

„Wir fahren mit Blaulicht am besten gleich in die Notfallaufnahme des Universitätsspitals", meinte einer der geschickt und schnell operierenden Männer. „Geben Sie uns, wenn sie können, auf dem Weg die Personalien und die Krankenversicherung durch!"

„Jetzt beginnt der Tanz", dachte Heiner, und nickte nur stumm.

„Die Maschine kommt doch aus Sofia? Waren Sie mit dem Mann dort denn nicht bei einem Arzt?"

„Sogar im Spital! Hier ist der ärztliche Befund, allerdings in schlechtem Deutsch und im Fachchinesisch der Ärzte abgefasst. Aber gebe ich diesen nicht am besten direkt bei der Aufnahme ab? Die ganze Sachlage ist nämlich äusserst kompliziert!"

„Meinetwegen", brummte der Sanitäter. „Also los, jede Minute zählt. Pass- und Zollformalitäten erfolgen später, auch für Sie. Ist der Mann Italiener?"

„Italiener und Schweizer Doppelbürger! Er ist mein Vater, und es wird vermutlich noch einen grossen Wirbel geben im sonst doch so friedlichen Zürich!"

„Trubel gibt es auch hier jede Nacht und alle Tage!"

Aber in der Notaufnahme gab es dann doch Trubel. Und was für einen! Heiner machte gleich nach einleitenden Erklärungen klar Schiff und erklärte dem zuständigen Arzt, dass der ernsthaft, wenn nicht todkranke Patient sein Vater ist, der vor etwa zwei Jahren in Zürich als der berüchtigte Amokschütze gesucht wurde wie die berühmte Stecknadel im Heuhaufen. „Sein wirklicher Name ist Markus Streller, der zwei Tote und einige Verletzte auf dem Gewissen hat und sich nach dieser Bluttat nach Italien absetzte. Dort war man ihm bereits auf der Spur, darum ging seine ständige Flucht via Sizilien schliesslich bis nach Singapur.

Ich appelliere nun an Ihren ärztlichen Eid und bitte, meinen Mörder-Vater trotzdem zu behandeln. Die

Prämien für die Krankenversicherung sind seit der Flucht nicht mehr einbezahlt worden, aber es sind aus seinem Restvermögen doch noch etliche Franken auf einer Schweizer Bank deponiert."

Der Arzt erinnerte sich tatsächlich an die damalige Welle von Schlagzeilen im Fernsehen und in der Presse, wenn auch etwas dunkel. Während nun in Zürich erneut untersucht und der Bericht aus Sofia wahrscheinlich nur mit spitzen Fingern angefasst wurde, orientierte man die Staatsanwaltschaft, die Polizei, das zuständige Amt im Stadtrat und ein halbes Dutzend weitere Stellen und Organe. Wirklich, der Trubel begann. Und die Ärzte kamen zum Schluss: Sofortige Operation. „Wenn Streller diese überlebt, weiter behandeln mit Bestrahlung und Chemo-Therapie", hiess der Befehl des Chefarztes.

Die Direktion wollte aber doch so schnell wie möglich den Kontostand von der Bank schriftlich auf dem Tisch haben und sprach auch mit der betreffenden Krankenkasse über diesen Fall, den wohl alle in einer solchen Form noch nie erlebt hatten. Dies alles war trotz aller Tragik, dem zu erwartenden Medienrummel und der Gerichtsverhandlung doch eine für das Spital sehr kostenintensive Sache.

29

Markus Streller überlebte die mehrstündige Operation wie durch ein Wunder, denn es wurde ein wirklich grosser Tumor aus dem Magen entfernt. Die Chirurgen aber gaben ihm nur noch minimale Chancen für die nächste Zeit, denn es waren schon einige Organe mit Metastasen befallen, die vermutlich inoperabel waren. Immerhin, man konnte es ja versuchen. Hier war ein Körper zum Pröbeln, nein, natürlich zur weiteren Forschung, und niemand würde Einspruch erheben oder gar klagen.

Heiner wohnte in dieser Zeit in einem einfachen Hotel in Zürich und wurde von verschiedenen Behörden in die Mangel genommen, wenn er nicht gerade auf der Intensivstation bei seinem nicht ansprechbaren Vater weilte.

„Ach mein alter Herr, was hast du mir da nur eingebrockt", seufzte er oft. „Zudem muss ich höllisch aufpassen, dass ich nicht auch noch in den ganzen Mist hineingerate und wegen der Vorkommnisse in Carrara ein glaubhaftes Märchen auftischen kann von wegen Signore Rossi und dem kläglichen Batzen für die Traumwohnung, den ich für meinen Vater noch retten konnte."

Inzwischen wurde geradezu akribisch genau Anklage gegen Markus Streller erhoben, und zwar vom Bezirksgericht der Stadt Zürich, mit Hunderten von Seiten Papier. Der Staatsanwalt war sich im Klaren, dass der Doppelmörder gesundheitlich wohl nie mehr in der Lage sein würde, den Prozess durchzustehen bis ans Obergericht oder gar vor das Bundesgericht in Lausanne.

„Die Lebenszeit des Angeklagten zerrinnt wie die letzten Körner in einer Sanduhr! Und im Moment können wir noch kein Verfahren eröffnen. Dazu ist Streller einfach viel zu schwach. Wirklich ein Wunder, dass er überhaupt noch atmet! Aber es muss der Öffentlichkeit klar gezeigt werden, dass wir hier in einem Rechtsstaat leben und nicht im Wilden Westen. Den alten Spinner und Verrückten wird dies kaum mehr beeindrucken. Trotzdem soll ein Exempel statuiert werden."

Eigenartiger Weise erholte sich Markus Streller noch einmal etwas und der Prozess wurde schon acht Wochen nach der OP angesetzt, vorerst unter Ausschluss der Öffentlichkeit, wie beantragt wurde. Aber der Druck der Medien, der betroffenen Familien, ja der halben Bevölkerung war so gross, dass die Anklagen, die Plädoyers, die Zeugenaufrufe und, wenn es gegebenenfalls dazu käme, das Urteil des Gerichts öffentlich gemacht wurden.

Stauchenbleich sass Markus Streller auf der Anklagebank und hörte sich halbherzig, wohl unter starken Schmerzmitteln ruhig gestellt, die lange Anklage an. Schliesslich wurde er gefragt, ob er etwas aussagen möchte und sich für schuldig im Sinne der Anklage halte.

„Auf Grund Ihres gesundheitlichen Zustandes können Sie dazu sitzen bleiben, Angeklagter!", meinte der Gerichtspräsident, aber mit gehässigem Gesichtsausdruck.

Schwach, mit leidenden und trüben Augen, aber seinen Worten nach zu schliessen, absolut bei Verstand und mit wachem Geist, begann Markus Streller wohl eine seiner längsten Reden, denn er war immer kurz und bündig, wenn nicht sogar karg mit seinen Worten, schon zu seinen aktiven Zeiten. Nichts von einer Anrede „Hohes Gericht" und dergleichen, sondern er begann:

„Ich schuldig? Im Sinne des Gesetzes und der Paragraphen ja. Aber nicht im Sinne der Menschlichkeit. Meine Tat war ein Akt schierer Verzweiflung und müsste darum eigentlich bei jedem einfühlsamen Menschen verständlich sein und Gnade vor Recht schaffen. Viele sind schuldig, dass alles so tragisch wurde. Als meine Frau verstarb an einer schweren Krankheit, kam mir kein Trost, kein Mitleid entgegen. Das schöne und behagliche Zuhause wurde zu einer kalten Eishöhle. So kalt, dass mich damals verständlicherweise auch mein einziges Kind Heiner verliess. Doch dies brach mir nicht nur den Mut, sondern das Herz. Wieder weder von Nachbarn, Verwandten noch seitens der Firma eine Zuwendung.

Im Gegenteil, man liess deutlich durchblicken, dass meine Zeit dort um sei und ich endlich aus der Firma ausscheiden solle. Alles wurde verändert, umgewandelt, verkauft. Alle Jahre meines Wirkens von einem Zwei-Mann-Betrieb bis zur damaligen Grösse wurden nur belächelt und meine Ideen gar verachtet. Nach der würdelosen und hastigen Pensionierung nie mehr eine Anfrage oder eine Einladung.

Ich verbitterte und vereinsamte total und verkaufte meine Firmenanteile zu einem Spottpreis. Gute Kunden aus etlichen Ländern riefen mich an und fragten, was denn los sei? Solche Kunden wurden nachher ausgegrenzt. Weder zu einem Geburtstag, zu einem Firmenjubiläum, absolut keine Einladung mehr. Bis zu meinem ominösen Achtzigsten, aber es war erst der Fünfundsiebzigste, diese lächerliche Einladung zu dieser Operetten-Vorführung kam. Dann brannten bei mir alle Sicherungen durch, und ich rächte mich! Ja, ich weiss, das darf man nicht.

Aber durften die anderen alles, was sie veranstalteten? Der Druck wich ein wenig von mir, aber ich fühlte keine Genugtuung. Hat sich die Rache also gelohnt. Wer weiss das? Vielleicht rüttelt sie manche Menschen auf, die ähnliches veranstalten oder dann durchleiden müssen.

Ich war schon lange nicht mehr in einer Kirche. Aber ich hörte mal als junger Mann, dass Jesus Christus den Pharisäern, die eine Sünderin steinigen wollte, zurief: ‚Wer ohne Sünde ist, werfe den ersten Stein'! Da schlichen sie alle davon. Von Steinen verstand ich was. Also, ihr Pharisäer, dann steinigt mich! Danke für die viel zu späte Ehre, dass sich so viele für mich interessieren. Späte, viel zu späte Ehre!"

Lange Zeit war es sehr still im Gerichtssaal, bis Heiner plötzlich bemerkte, dass sein Vater auf der Anklagebank wieder zusammengesunken war wie damals im Flugzeug. Er rief aufgebracht: „Einen Arzt, sofort einen Arzt! Seht ihr denn nicht, dass sich mein Vater nicht mehr regt?"

Im Gerichtssaal erhob sich ein Arzt, der Streller auch im Universitätsspital behandelte. Er beugte sich über ihn und sagte nach wenigen Augenblicken: „Der Angeklagte, nein, mein Patient, ist soeben verstorben. Ich bitte, die Verhandlung zu schliessen und den Gerichtssaal zu räumen!"

Es wurde noch stiller im Saal, bis dann ein Getrampel von Füssen und eine stille Träne von Heiner der ganzen Szenerie einen gespenstigen Anstrich gaben. Ein gefundenes Fressen für die Medien mit sich überbordenden Headlines.

30

Markus Streller war kaum ein Atheist, auch kein Agnostiker, aber auch kein Kirchgänger, und dies nicht mehr seit der Beerdigung seiner Frau, ja schon lang zuvor auch nicht. Heiner wollte sich mit keinem Geistlichen herumschlagen und um eine Trauerfeier bitten. Er engagierte einen neutralen Grabredner, er solle doch auf dem Friedhof ein paar Worte sprechen, denn es würden vermutlich nur eine Handvoll Leute erscheinen. Keine Traueranzeigen wurden versandt. Wozu und wem denn?

Doch den amtlichen Mitteilungen in der Zeitung konnte man doch entnehmen, wann und wo die Bestattung stattfindet. Aus der Handvoll wurden gegen hundert Menschen am Gemeinschaftsgrab. Darunter natürlich viele Behördenmitglieder, Polizei in Zivil, Presse und sonst vielleicht echt Interessierte oder auch Gaffer.

Der Redner machte seine Sache ganz gut, für zweihundert Franken. Vermutlich besser als mancher Geistliche. Auch er verwies auf die Begebenheit aus der Bibel von Jesus und der Sünderin. War er vielleicht im Gerichtssaal dabei? Kaum, aber man konnte viele der letzten Worte seines Vaters in der Presse lesen. Irgendwie hatten diese doch einige der Zuhörer und dann auch die Leser berührt.

„Geht es nach dem Tod in irgendeiner Form doch weiter? Diese immer wieder millionenfach gestellte Frage kann ich nicht schlüssig beantworten", meinte der Grabredner. „Aber ich kann dies glauben, denn jeder Mensch hat einen Kern, unsichtbar und doch existent, der unauflöslich ist. Nennen wir diesen Kern doch mutig Seele. Markus, deine Seele sündigt nicht, und auch du wirst gewiss von einer höher waltenden Macht nicht mit Steinen beworfen, sondern in ein helles Licht geführt. Dort wird alles klar, was hier oft im Dunkeln verborgen ist. Wir grüssen dich nochmals und sagen: Dein Kern lebe wohl, wohler als du als Mensch hier auf der Erde!"

Es folgten in den nächsten Tagen und Wochen endlos scheinende und zermürbende Besprechungen mit vielen Beamten und Beamtinnen vieler Behörden. Heiner begriff gar nicht, was für ein Apparat ein funktionierender Staat braucht. Braucht es wirklich so viel?
Krankenkasse, Steuerbehörden, Spital, Polizei, Bank, Versicherung, Pensionskasse, staatliche Altersversorgung, Psychiater und Psychologen mit ihren Gutachten, von denen der eine und andere vor

lauter Deformation vielleicht auch schon bei einem Kollegen in Behandlung sein sollte, und weiss Gott was noch.

„Ich muss hier weg, sonst finde ich keine Ruhe und Frieden. Ich ziehe wieder um nach Stuttgart. Das wird mir niemand verbieten können, denn meine Anschrift, E-Mail, Mobilnummer und alles ist ja bekannt. Zudem bin ich in Deutschland ja gar nicht offiziell abgemeldet.

Ob mein Partner noch zu finden ist, und ob er mich am liebsten zum Teufel schickt? Wenn ja, dann gehe ich nach München. Die bayrische Metropole ist teuer, aber gemütlich und schön. Vielleicht finden dort auch meine Bilder besseren Absatz als bei den fleissigen, aber oft auch etwas geizigen Schwaben, die lieber Bilder vom Schwarzwald mit Hirschen aufhängen, als moderne Kunst!"

Zudem stellte sich Heiner vor, dass zwischen Steuerbehörden und Polizei in Italien und der Schweiz auch noch diverse Abklärungen versucht wurden, auch wegen der Leiche eines gewissen Rossi, der gar nicht so hiess, aber doch Strellers Kontakt- und Mittelsmann war. Und in jener Sache wollte er nicht auch noch in die Bredouille kommen und wegen Mordes oder Totschlags angeklagt werden.

„Jetzt endlich einen dicken Strich unter die Vergangenheit und einen Neuanfang", gelobte er sich, „wenn ein solcher überhaupt noch möglich ist.

31

Heiner, nach für ihn langer Zeit wieder in seinem Stuttgart, fand nichts mehr vor, wie es war. Sein Lebenspartner war verschwunden, die damalige gemeinsame Wohnung mit Atelier anderweitig belegt, alle sozialen und freundschaftlichen Verbindungen aus und vorbei.

So zog er also doch nach München und mietete dort ein bescheidenes Domizil am Stadtrand. Es war hart und schwer, sich einzuleben und hier etwas wie ein neues Lebensgefühl aufzubauen. Zu vielfältig waren die Eindrücke seiner Erlebnisse in Asien, in Italien und auf der verrückten Reise zurück nach Zürich.

„Wo ist meine künftige Heimat? Was ist überhaupt Heimat? Und zu was sind wir überhaupt ein paar Jahre hier, um unser Leben zu fristen?"

Nun, auf hundert solcher und ähnlicher Fragen gibt es tausend und mehr verschiedene Antworten. Die religiösen Kreationisten schwingen dabei die Bibel und pochen auf den Buchstaben. Die Fundamentalisten des Islams rufen zum heiligen Dschihad und binden sich einen Sprengstoffgürtel um den Bauch. „Zur Hölle mit allen Ungläubigen!" Die Atheisten stützen sich auf die Wissenschaft und die Menschenrechte, die aber auch einer Überflutung immer neuer Erkenntnisse ausgesetzt sind. Der Genussmensch empfiehlt: Leben und leben lassen, oder gar winkt der eine und andere mit der Schnapsflasche oder mit Drogen. Viele suchen den grössten Sinn in den Künsten, und so weiter und so fort. Viele sagen auch: „Tue recht und scheue niemand!" Schön und gut, aber ursprünglich gibt es bei diesem geflügelten Wort noch einen dritten Aspekt, der heisst „und fürchte Gott!"

Was ist war, und wer hat recht? Viele ein bisschen, viele aber liegen bestimmt völlig daneben. Jeder sollte die Jahre seines Seins benutzen, die Wahrheit und das Licht zu suchen. Wir wünschen dies Heiner und unzähligen anderen. Es kommt nicht darauf an, wie viele Jahre wir gelebt haben, sondern ob wir die Jahre mit Leben erfüllt haben!

Dabei denke man vielleicht doch auch ab und zu mal an das Wort in Friedrich Schillers Drama „Wilhelm Tell":

„Mitten im Leben sind wir vom Tod umgeben!"

Und nachher, da sollte einfach nichts mehr sein?
Wer's glauben kann, der glaube es!
Beweisen kann dies sowieso niemand!

Weitere Bücher von F.U. Ricardo bei Books on Demand

Brot und Salz
ISBN 978-3-8391-1612-8, Paperback, 140 Seiten
Die Kerze
ISBN 978-3-8391-1882-5, Paperback, 164 Seiten
Der Raub des Luzerner Mädchens
ISBN 978-3-8370-3802-6, Paperback, 164 Seiten
Drama am Weissfluhjoch und am Tafelberg
ISBN 978-3-8370-3567-4, Paperback, 180 Seiten
Drei Welten – drei Leben
ISBN 978-3-8370-9983-6, Paperback, 220 Seiten
Eifersucht
ISBN 978-3-8370-8259-3, Paperback, 196 Seiten
Einsame Spitze
ISBN 978-3-8423-3777-0, Paperback, 172 Seiten
Grosser kleiner Mann? – Kleiner grosser Mann
ISBN 978-3-8391-5212-6, Paperback, 180 Seiten
Leuchttürme
ISBN 978-3-8391-1170-3, Paperback, 124 Seiten
Mit Scherz und Schmerz zum Herz
ISBN 978-3-8391-5285-0, Paperback, 168 Seiten
Nichts Neues! Wirklich?
ISBN 978-3-8391-1067-6, Paperback, 124 Seiten
Paradies und Hölle in Ascona
ISBN 978-3-8370-6426-1, Paperback, 132 Seiten
Reicht ein Quadratmeter?
ISBN 978-3-8391-4807-5, Paperback, 136 Seiten
Schmelztiegel
ISBN 978-3-8391-0433-0, Paperback, 196 Seiten
Sehnsucht Puszta
ISBN 978-3-8391-4148-9, Paperback, 140 Seiten
Wolken über der Toskana
ISBN 978-3-8391-4431-2, Paperback, 140 Seiten